KB050397

암군귀환

暗君歸還

암군귀환
矯君歸還 6

초판 1쇄 인쇄일 2017년 1월 20일 ㅣ **초판 1쇄 발행일** 2017년 1월 23일

지은이 용우 ㅣ **펴낸이** 곽동현 ㅣ **담당편집 팀장** 이범수
편집부 신연제 이윤아 홍현주 김유진 조서영 임소담

펴낸곳 (주)조은세상 ㅣ 출판등록 제 2002-23호
주소 경기도 연천군 미산면 청정로 1355
TEL 편집부 02)587-2966 ㅣ FAX 02)587-2922
e-mail bukdu@comics21c.co.kr

ⓒ용우 2016
ISBN 979-11-5832-824-5 ㅣ ISBN 979-11-5832-658-6(set) ㅣ 값 8,000원

용우 신무협 장편소설

WEB ORIENTAL FANTASY STORY

암군귀환

暗君歸還

6

북두

(주)조은세상

CONTENTS

NEO ORIENTAL FANTASY STORY

暗蹑无器归 56 章

56 章

　소수마공(素手魔功)이란 무공이 있다.

　본래 천마신교 안에서도 손에 꼽히는 절기였으나 이것을 익히던 여인들이 하나 같이 주화입마에 빠지며 어마어마한 후폭풍을 가져왔다.

　이후 천마신교 안에서도 소수마공을 금기로 지정하고 누구도 익히지 못하게 했었다.

　시간이 흐르고 소수마공에 대해 잊혀 질 때쯤.

　사고는 벌어졌다.

　대체 누가 어떻게 가져간 것인지 알 수 없으나 소수마공이 중원으로 흘러나갔고, 그것을 익힌 여인이 중원 무림에 피바람을 일으켰다.

소수마공은 천마신교의 절기 중 하나로 꼽혔을 정도로 뛰어나지만 익히기 어려운 무공이었다.

그동안 신교 안에서 폭주를 했던 사람들도 대다수 4성을 넘기지 못했었기에 약간의 피해는 있었지만 제압하는데 어려움을 겪인 않았었다.

헌데 그녀는 달랐다.

무려 9성.

그것은 재앙이었다.

그녀를 막을 수도, 죽일 수도 없었다.

그 어마어마한 재앙 앞에 사람들이 절망을 할 때쯤 한 사람이 홀연히 그의 앞을 막았고.

밤낮으로 일주일을 싸우고 나서.

둘은 홀연히 사라졌다.

그리고 두 번 다시 나타나지 않았다.

마치 전설과도 같은 이야기가 무림에 오랜 시간 떠돌았지만 이젠 누구하나 기억하지 못하는 이야기.

간간히 오래된 무림고서에서나 볼 수 있는 그런 이야기.

하지만.

보름 전부터 무림에 이상한 소문이 돌기 시작했다.

바로 그 소수마공에 대해서.

또 다시 모두가 모인 회의실.

천마신교를 다녀온 차돌이 포함되어 모두가 자리한 회의실엔 긴장감이 가득 맴돈다.

"소수마공이라… 이번에도 놈들의 짓일 확률이 높겠지?"

"이전 상황을 생각한다면 그럴 확률이 높다고 생각해요. 다만 마음에 걸리는 것은 저들이 바보도 아니고 또 같은 방법을 사용할까라는 것이죠."

"역으로 그 부분을 찔러 들어온 것일 지도 모르는 일이지."

"그렇긴 한데요. 저 개인적으로는 그건 아닌 것 같아요."

"그렇다면?"

"이번엔 진짜인 거죠. 문제가 있다면 이전에 몇 차례 비슷한 일이 있었다보니 이번엔 사람들의 관심이 별로 없다는 것 정도?"

모용혜의 말에 휘가 고개를 끄떡인다.

회의실에 앉은 모두들 역시 비슷한 생각인 듯 했다.

확실히 이전의 경험들 때문인지 소수마공에 대한 소문이 퍼지고 있음에도 불구하고 그것을 찾으려 드는 사람은 많지 않았다.

몇 차례나 큰 사건이 터졌지만 실제 물건을 손에 쥔 사람이 나오질 않은 까닭이다.

"그러고 보면 소수마공에 대해선 네가 좀 알지 않아?"

"나? 뭐… 안다면 알고, 모른다면 모르는 편이긴 하지."

애매한 대답의 차돌.

모두의 시선이 집중되자 차돌은 어쩔 수 없다는 듯 입을 열었다.

"소수마공이 본교에서 시작된 것은 맞는데, 지금은 아냐. 거기에 대한 기록이 남아 있는 것도 적고. 사실상 본교의 손을 떠난 지 수백 년은 된 무공이니까."

"그래도 알고 있는 걸 말해봐."

"쩝. 짧게 말하자면… 소수마녀와는 부딪치지 말라는 정도?"

"부딪치지 말라고? 소수마녀?"

"어. 소수마공은 오직 여인들만 익힐 수 있는 무공이야. 몸 안에 음기가 충만해야 하고, 양기는 존재하지 않아야 하다 보니 남자는 익힐 수가 없지. 고추를 잘라내도 남자의 몸에는 양기가 조금은 남아 있는 편이거든."

"그래서 주화입마가 일어나는 거로군."

차돌의 말에 휘는 단숨에 소수마공을 익힌 자들이 주화입마를 일으키는 까닭을 알 수 있었다.

여자라고 해서 몸에 음기만 담고 있는 것은 아니다.

몸의 균형 때문에 작지만 양기를 지니고 있는데, 소수마공은 이 존재조차 인정을 하지 못하여 충돌하게 되고.

결국 그 충돌로 인해 주화입마에 걸리게 되는 것이다.

무공에 있어서 존재해선 안 될 치명적인 오류나 마찬가지다.

"대체 이런 무공을 누가 만들어 낸 거지?"

"일반인이 익히라고 만든 것이 아니니까, 당연한 거겠지."

"응?"

휘의 물음에 차돌은 천천히 자신이 아는 한도 안에서 설명을 했다.

"본래 소수마공은 역대 천마 중 한 사람이 만들었다고 해. 구음절맥에 걸린 딸을 위해 만든 것인데, 역대 소수마녀들 중에 유일하게 주화입마에 빠지지 않은 사람이기도 하지."

"그걸 알면서도 익히겠다고 나섰다는 말이야?"

"무공에 대한 욕심은 끝이 없으니까."

차돌의 한 마디에 휘는 고개를 끄덕이며 인정 할 수밖에 없었다.

무공에 대한 욕심.

그 욕심 때문에 무림인들은 자신의 목숨을 버려가면서까지 더 높은 무공을 얻으려 하는 것이다.

마인들이라 해서 크게 다를 것은 없었을 테다.

"결정적으로 그 사실을 아는 사람이 없었을 거다. 처음엔 모르겠지만 시간이 지나면서 잊혀 졌겠지. 나도 이번에

천마비고에 다녀오면서 알게 된 거야. 설마 이런 식으로 쓰
게 될 줄은 몰랐지만."

"천마비고는 잘 옮겼어?"

"덕분에."

천마비고는 은밀하게 십만대산으로 옮겨졌다.

막대한 자금을 바탕으로 빠르게 재건되고 있는 천마신교
에 천마비고는 호랑이 등에 날개를 달아준 것과 다르지 않
았고, 한시가 다르게 변하는 중이었다.

"그런데 정확하게 소문이 어떤 거야? 소수마공의 비급이
나타난 거야, 소수마공을 익힌 소수마녀가 나타난 거야?"

암문에 도착하자마자 회의에 참석했기에 차돌은 아직 정
확한 소문을 듣지 못한 상태였기에 물음을 던졌고, 그에 대
답한 것은 모용혜였다.

"감숙에서 소수마공으로 유추되는 흔적들이 나왔다고
해요."

"흔적? 소수마공이 음공(陰功)인 것은 사실이지만 음공
이 한둘도 아니고 흔적으로 소수마공이라고 판단할 수 없
을 텐데?"

"저도 그렇게 생각했는데, 그곳을 둘러본 자들에 의하면
꼭 그런 것도 아닌 모양이에요."

"뭐가?"

보통 음공하면 떠오르는 것은 차가운 얼음이다.

빙공(氷功)과 비슷하지만 분명 다른 무공이긴 하나, 보통 떠올리는 것은 비슷할 수밖에 없다.

그런데 딱 꼬집어 소수마공의 흔적이라 칭한다?

차돌의 입장에선 쉽게 이해 할 수 있는 일이 아니었다.

그런 그의 머릿속을 안다는 듯 모용혜는 빠르게 그의 의문점을 풀어 주었다.

"흔적이라는 것이… 사람이에요. 마치 살아있는 것 같은 사람의 시신."

"다시 말해서 얼어 죽었는데, 겉모습은 살아있는 것과 같다는 거지?"

"네. 천하에 수많은 무공들 중에 사람을 내부에서부터 얼려 죽일 수 있는 무공은 몇 안 되죠. 그 중 가장 유명한 것이 소수마공이고요."

"그렇다고…."

"또 하나의 흔적도 있어요."

차돌의 말을 끊으며 그녀가 말했다.

"그들의 몸에 선명하게 새겨진 장(掌)의 흔적. 이거면 충분하지 않을까요?"

"…소수마공이라고 생각 할 수밖에 없겠군."

차돌이 수긍하고 물러선다.

그의 말처럼 소수마공의 흔적과 아주 흡사했기 때문이다.

소수마공은 그 이름처럼 장법을 주로 사용하는 무공이고, 그로 인해 당한 자들의 몸엔 그 특유의 흔적이 남기 마련이다.

지금 모용혜가 이야기 한 대로 말이다.

차돌이 조용해지자 휘가 입을 열었다.

"상황이 좀 묘하긴 한데… 이번 일에는 신경 쓰지 않는다. 당분간 휴식을 취하지."

휘의 말에 모두들 고개를 끄덕였다.

근래 천탑상회의 일과 밀교의 일로 바쁘게 움직인 탓에 휴식이 필요했다.

그날 밀교의 고수들과 싸운 이후 휘는 자신의 실력을 더 늘려야 할 필요를 느꼈다.

이런저런 일들 때문에 그럴 틈이 없었는데, 이제 한숨 돌릴 수 있게 되었으니 휴식 겸 수련을 할 시간이었다.

그때 모용혜가 반대하고 나섰다.

"휴식이 필요할 때라는 것은 알지만 아직 일이 많아요. 특히 사황련과의 관계. 아니, 사황련주 사황과의 자리를 하루라도 빨리 정식으로 해결하셔야 할 듯 해요. 하루가 멀다고 이렇게 많은 연락이 날아들고 있어서 제가 죽을 것 같아요."

쿵!

기다렸다는 듯 회의실 탁상 밑에서 수북한 서찰을 꺼내 내려놓는 모용혜의 얼굴이 좋지 않다.

그만큼 사황련에서 날아드는 연락 때문에 시달렸다는 반증일 터다.

수도 없이 많은 서찰들을 보며 휘의 얼굴 역시 좋지 않았다.

사황과의 만남을 정식으로 가져야 한다는 것은 알겠지만, 그날 짧은 시간이지만 만남을 가져 본 사황에게서 어딘지 모를 친숙함과 함께 얽혀서 좋을 것이 없단 느낌을 강하게 받았기 때문이다.

'딱히 위험한 느낌은 아니지만… 어딘지 모르게 걸린단 말이지. 마치….'

휘의 시선이 차돌을 향한다.

"응? 왜?"

갑작스런 시선에 차돌이 되물었지만 휘는 고갤 저었다.

확실히 사황은 차돌과 어딘지 모르게 아주 닮아 있었다. 얼굴이 닮은 것이 아니다.

그 분위기와 하는 행동까지.

그것을 깨닫고 나서야 휘는 알 수 있었다.

자신이 왜 그와의 만남을 피하려고 하는 것인지.

'혹이… 하나 더 늘 수도.'

"뭔데! 아, 왜! 날 보면서 그런 이상한 눈빛을 보내냐고!"

불퉁한 얼굴로 소리를 지르는 차돌을 보며 휘는 다시 한 번 깨달았다.

"넌 참 좋겠다."

"…뭐가?"

"생각이 없어서."

"……!"

그 뒤로 차돌이 뭐라 떠드는 소리가 잔뜩 들려왔지만, 휘는 빠르게 회의실을 벗어났다.

만나기 좀 껄끄럽긴 하지만 꼭 만나야 한다.

차돌이 그랬듯 사황 역시 그러한 존재라고 생각하는 수밖에 없었다.

"괜찮을 거라 생각하는 수밖에."

벌써부터 머리가 지끈거리는 느낌에 휘의 얼굴이 일그러진다.

❖

사황련(邪皇聯).

이들의 존재가 정식으로 드러난 것은 밀교와의 싸움 덕분이었다.

이들 덕분에 밀교가 청해를 넘어서는 것을 저지 할 수 있었지만 정도맹으로선 결코 원하던 결과가 아니었다.

어떻게든 기존의 인원으로 밀교를 막는 동안, 정도맹 정예들이 도착하여 밀교를 쳐내는 것이 그들이 바라던 방향.

그랬던 것이 사황련이란 존재로 인해 완전히 망가져버린 것이다.

자신들이 바라는 바가 망가졌다고 해서 항의를 할 수 있느냐? 그건 또 아니었다.

그럴 수도 없지만 그러기엔 사황련이란 조직의 규모가 정도맹으로서도 쉽게 볼 수가 없었다.

사파의 굵직한 문파들이 하나 같이 사황련의 깃발 아래 모여들었을 뿐만 아니라, 사황이란 신진고수의 등장은 충격을 주기에 부족함이 없었다.

왜 그렇지 않겠는가?

무려 사황(邪皇)이다.

그런 거창한 별호를 스스로 단 것도 아니고, 사파의 절대 거두들이 달아주었다.

누군가는 말한다.

사황련이란 조직의 가치를 높이기 위해 일부러 그러는 것이 아니냐고.

하지만 실제로 사황련의 상황을 본 자들은 하나 같이 대답했다.

진짜가 나타났다고.

사황의 지시에 누구하나 반대하는 자도 없고, 그에게 보이는 존경심은 진짜라고 말이다.

그런 사황련에서 매일 같이 날아드는 초대장에 응한 휘는 불편한 걸음으로 동정호로 향했다.

만나기로 약속을 하자마자 그들이 지정한 장소가 바로 동정호였던 까닭이다.

동정호에 떠 있는 거대한 유람선 한척.

어지간한 배도 상대가 되지 않을 것 같은 거대한 배는 화려하기도 했지만 전투용으로 쓴다 하더라도 손색이 없을 정도로 튼튼하게 만들어졌다.

바로 이 배가 두 사람의 만남의 장이었다.

서글서글한 얼굴로 웃으며 갑판 위에 놓인 책상의 한쪽 자리를 차지하고 앉은 사황을 보며 휘는 휘적거리는 발걸음으로 다가가 맞은편에 앉았다.

그러자 배 안에서 시비가 나오더니 차와 간단한 과일을 내놓고선 다시 배 안으로 사라진다.

오직 둘만 남은 상황.

후르륵.

와작, 와작!

거침없이 차를 마시고, 과일을 씹는 사황과 달리 휘는 조금도 음식에 손을 대지 않았다.

사황의 끊임없는 손길에 과일이 동이 나고 나서야 휘는 입을 열었다.

"우리 사이에 이렇게 볼 일이 있던가?"

"그래도 왔잖아."

할짝, 할짝.

손가락에 묻은 과일즙까지 놓칠 수 없다는 듯, 손가락을 빨던 사황은 곁에 둔 손수건으로 손을 닦으며 말했다.

"그날은 이야기를 나눌 만한 상황이 아닌 것 같아서. 기왕이면 좀 느긋한 상황에서 이야기를 나누고 싶어서 이렇게 초대를 했지. 설마하니 이렇게까지 기다리게 될 줄은 몰랐지만."

"흠… 그래서?"

휘의 물음에 사황은 별 것 아니라는 얼굴로 어깨를 으쓱인다.

"그냥."

"그냥?"

"그래. 암문에 대한 소문은 무성하고, 그곳의 주인인 네 소문은 더 무성하단 말이지. 그런 상태에서 널 만났지. 그것도 엄청난 실력을 발휘하는 모습을 보면서 말이야. 그런 장면을 보고서도 끓어오르지 않으면 남자가 아니지. 당장 고추를 떼버려야지!"

어느새 활활 타오르는 눈으로 동의를 구하는 그를 향해 휘는 고개를 저었다.

이야기를 하다 보니 차돌과 크게 다를 것이 없는 성격이었다. 물론 차돌이나 사황이나 어깨에 짊어지고 있는 것이

대단한 것은 사실.

그렇다 하더라도 사람 본연의 성격까지 바뀔 수는 없는 법.

그 성격이 두 사람은 똑 닮아 있었다.

쌍둥이라 생각해도 좋을 정도로 말이다.

'정작 이쪽은 쌍둥이지만 서로 완전히 다르지만 말이지.'

형인 장양운을 떠올리며 쓰게 웃는 휘.

"젊은 고수들끼리 통하는 느낌이 있을 것 같아서 초대를 해봤지. 내가 무림에 나온 것이 얼마 되지 않아서 발이 그렇게 넓지가 않거든. 게다가 이쪽엔 너 같은 고수가 없어서. 뭐, 정도맹에도 없겠지만."

빙긋 웃으며 말하는 사황의 눈이 반짝인다.

자신의 호기심을 채우면서도 할 일은 확실히 한다. 더더욱 차돌과 닮은 모습에 휘는 고개를 저었다.

눈앞의 사내는 사황이지 차돌이 아니다.

아무리 성격이 닮았다 하더라도 결국 근본은 다른 자. 같은 사람으로 생각하고 이야기를 했다간 자칫 골치 아픈 일에 휘말릴 수도 있었다.

그것을 확실히 하고 나자 그제야 휘의 눈에 사황의 모습이 확실히 눈에 들어온다.

깔끔하고, 시원시원하게 생긴 얼굴.

보는 것만으로 푸근해지는 미소를 달고 살지만 그 두 눈만큼은 생동감으로 반짝거린다.

"말이 길어졌는데, 단순하게 이야기해서 친분을 다지고 싶다는 거지. 친분을."

말을 하면서 입이 심심했던 모양인지 사황은 배 안쪽을 향해 소리쳤고, 곧 기다렸다는 듯 시비가 나와 이전보다 많은 다과류를 내려놓고선 처음처럼 사라진다.

조르륵.

달칵!

이번엔 휘도 사양하지 않고 빈 찻잔에 처음으로 차를 따라 조금 맛을 본다.

청아한 향이 입안을 맴돌며 머릿속을 맑게 해준다.

"철관음이야. 그것도 최상품의. 내가 제일 좋아하는 차라서 준비했는데, 어때? 괜찮지?"

"제법."

철관음은 휘로서도 처음 맛보는 것이었는데, 생각보다 취향에 딱 맞아 떨어졌다.

"필요하면 가는 길에 선물로 좀 주지. 나도 선물 받은 거긴 한데, 부탁하면 또 받을 수 있을 테니까."

"사양은 안하지."

"그러면 좋고. 그래서 전에도 묻고 싶었는데. 넌 누구야?"

와작.

과자 하나를 깨물며 무심히 묻는 사황.

입 안 가득 과자를 집어 삼키면서도 그의 눈은 휘에게서 떨어지지 않는다.

"암군 장양휘."

"암군?"

"암영의 주인이니까."

"암영, 암군, 암문."

조용히 세 단어를 되짚던 사황은 고개를 끄덕이며 납득했다는 얼굴로.

"암문이란 문파의 이름은 그렇게 만들어진 것이군. 하긴 사황련도 사황이라는 내 별호에서 따온 거니까. 솔직히 말해서 사황이라는 별호는 좀 거창한 게 아닌가 한데… 옆에서 하도 시끄러워서."

"그 시끄럽다는 사람들이 하나 같이 사파의 거두들 아닌가?"

"그렇지, 뭐. 그래봐야지. 어차피 사파 놈들 습성 상, 날잔뜩 이용해 먹으려고 사황련을 만든 것일 텐데."

"……."

사황의 막말에 휘는 잠시 입을 열 수 없었다.

그 자신도 사파이면서 사파 놈들이라니. 이런 말을 하는 사람은 결단코 처음이었다.

"뭘 그렇게 놀라. 사파 놈들이 다 그렇고 그런 거지. 밀린다 싶으면 손잡았다가, 손잡은 놈이 먹음직스럽다 싶으면 잡아먹고, 맛없다 싶으면 버리는 거지. 약육강식의 무림에 우리만큼 잘 어울리는 놈들이 있을까."

히죽 웃으며 말하는 사황을 향해 휘는 고개를 끄덕이는 것 이외엔 말을 해줄 수 없었다.

"정파라고 해서 딱히 다를 건 없어 보이긴 하지만, 적어도 그쪽은 체면은 챙기는 편이니까. 그런데 넌… 어느 쪽에도 속한 것 같지 않아 보인단 말이지. 그날 정도맹과 합류하지 않고 밀교의 고수로 보이는 자들과 싸운 것도 그렇고."

"……."

"뭐라고 해야 하나? 정의의 사도 놀이? 이걸 놀이라고 할 수 있나? 어쨌거나 그런 느낌이 많이 들었거든. 길게 이야기 할 생각은 없고. 뭘 생각하고 있는 진 모르겠지만 나나 저쪽에나 큰 피해는 없을 것 같은 느낌이 들어. 내가 이래도 제법 느낌이 잘 맞는 편이거든. 좋건, 싫건."

씩 웃으며 마지막 과자를 입에 집어 삼키는 사황을 보며 휘는 복잡한 얼굴을 할 뿐 입을 열진 않았다.

대체 사황이 무슨 생각을 하고 있는 것인지 알 수가 없었다.

"자, 오늘은 여기까지. 서로 길게 이야기해봐야 머리만 아플 것 아냐. 적당히 얼굴을 익히는 걸로 마무리 하자고. 조만간 본련의 본거지가 마무리 되면 그때 정중히 초대장을 다시 보내지. 그땐 거절하지 말라고."

휙휙.

말이 끝나기 무섭게 손을 휘젓는 사황.

명백히 이곳을 나가라는 그의 손짓에 휘는 피식하고 웃었다.

어째 하는 행동이 생각하기 싫어도 차돌을 많이 닮아 있었던 탓이다.

드르륵.

휘 역시 더 이상 있을 생각은 없었기에 일어섰다.

"빠른 시간 안에 다시 보지."

"기대하지."

휙.

가볍게 몸을 날려 사라지는 휘.

그 뒷모습을 보던 사황이 자리에서 일어선다.

어느새 얼굴 가득하던 미소는 사라진 상태다.

"걱정해야 하는 쪽은 정도맹이 아니라 저쪽이었어. 방향이 완전히 틀렸잖아."

"허허, 이거 죄송합니다. 빠른 속도로 이름을 날린다고 생각은 했습니다만 설마 저런 실력을 지니고 있을 것이라곤 생각지도 못했습니다."

웃으며 객실의 문을 열고 올라오는 노인.

백발이 성성하지만 문사복을 정갈하게 차려입은 노인의 손에 쥐어진 철선 하나.

삼뇌(三腦) 사마공.

사마세가의 주인이자 머리를 쓰는 것으론 제갈세가의 신묘에 결코 뒤지지 않는 것으로 알려진 사파제일의 두뇌이자 사황련의 군사직을 이번에 새로이 맡은 자였다.

"그나마 다행인 건 어느 쪽의 편도 아니라는 거겠지."

"정도맹과 상당한 줄이 있는 것으로 파악되었습니다만?"

"그렇게 보이는 것일 뿐이겠지. 정체가 뭔지는 모르겠지만… 뭔가 꿍꿍이가 있긴 해. 그런데 그게 딱히 해가 될 것 같지는 않단 말이지."

"그게 무슨 말씀이신지?"

제 아무리 삼뇌라 하더라도 사황의 말을 제대로 이해할 수 없었던 탓에 얼굴을 찡그리며 되묻는다.

사실 사황은 자신의 느낀 감각을 그대로 풀어 이야기하는 경우가 많았기에 거의 항시 곁에 붙어 다니는 삼뇌도 제대로 이해하지 못할 때가 종종 있었다.

이번처럼 말이다.

그걸 깨달은 사황은 그를 보며 씩 웃으며 말했다.

"간단하게 생각해. 저 사람은 적이 아냐. 오히려 친하게 지내야 할 사람이지. 정도맹과의 관계? 엿이나 먹으라 그래. 정도맹보단 저쪽을 더 신경 써야 할 거야. 내 느낌이 그렇거든."

"련주님께서 그러시다면야, 허허 이 늙은이들은 따르는 수밖에요."

너털웃음을 지으며 고개를 내젓는 삼뇌.

말은 그렇게 하지만 그 머릿속은 쉴 틈도 없이 빠르게 돌아가고 있을 것이다.

그것을 예상하면서도 사황은 별 말을 하지 않았다.

'어차피 시간이 지나면 다들 알게 될 테니, 굳이 설득할 필요는 없겠지. 지금 해야 할 일은… 적대하지 않는 거니까. 적대하는 순간 사황련은 무너진다.'

옷 안에 감춰진 그의 팔뚝엔.

오돌토돌하게 솟아오른 닭살이 가득하다.

휘와 마주하고 앉은 그 순간부터 말이다.

그를 처음 봤을 때도 이랬었다. 두 번 연속으로 이런 반응을 보인다는 것은 자신의 선택이 틀리지 않았다는 뜻일 것이다.

사황련의 그 어떠한 고수도 그에게 이런 느낌을 주지 않았으니까.

"자자, 일단 돌아가자고. 밀교 놈들은 정도맹에 맡기고 우린 우리대로 준비해야지."

"물론입니다."

거대한 배가 천천히 움직이기 시작한다.

사황련의 깃발을 내걸고서.

暗归 在冥邈 57 章

精者歸還

57 章

청해에서 진격을 멈춘 밀교.

겉으론 정도맹과 사황련 때문에 멈춘 것 같지만 그 속을 들여다보면 전혀 달랐다.

그들은 숨을 고르고 있었다.

니르바나를 탈환하기 위해 단숨에 중원으로 진격할 힘을 비축하기 위해서 말이다.

"실전감각을 제외하면 큰 문제가 없다. 이번엔 밀렸지만… 다음엔 없다."

으득!

이를 갈며 광혈쌍마의 형인 상현이 분노한다.

농담으로 분위기를 바꾸었을 동생 하연 역시 아무런 말을 하지 않았다.

지난 싸움이 두 사람의 자존심에 큰 상처를 남긴 것이다.

그 모습을 보며 밀검은 고개를 끄덕이며 아무런 말을 하지 않고 천막을 나선다.

'나쁘지 않아.'

솔직히 두 사람이 패한 채 돌아왔을 때는 실망했던 것이 사실이다.

자신이 꺼낼 수 있는 최강의 패가 무위로 돌아간 것이니까.

허나, 그 속을 파고들자 차라리 잘 되었다고 생각했다.

멀쩡하게 돌아왔을 뿐만 아니라 스스로 취약점을 찾았으니, 그것만 보완한다면 다음엔 놈을 죽일 수 있을 테니 말이다.

'놈뿐만 아니라 수하로 보이는 놈들도 보통은 아닌 것 같았지만, 그 정도는 괜찮지. 놈만 없앨 수 있다면….'

밀검이 본 휘는 괴물 그 자체였다.

그렇기에 광혈쌍마가 놈을 상대 할 수 있을 것이란 확신이 드는 순간부터 기분이 좋을 수밖에 없었다.

'남은 것은 니르바나를 되찾는 것뿐인가. 하는 김에 중원 놈들을 혼쭐내는 것도 좋기는 하겠지만… 아쉽지만 이번엔 물러서야 하겠지.'

마음 같아선 자신들을 막아선 중원 놈들을 싹 쓸어버리고 중원에 밀교의 깃발을 내걸고 싶다.

하지만 상황이 그리 좋지 않았다.

이번 원정 자체가 밀교로서도 대단히 무리했다는 것을 알기 때문이다.

니르바나가 아니었다면 결코 이번 원정은 없었을 것이다.

그렇기에 반드시 니르바나를 되찾아야 했다.

'문제가 있다면 꽁꽁 숨은 니르바나를 어떻게 이곳까지 불러 들이냐는 것인데…'

밀검으로선 굳이 위험 부담을 지고 청해의 경계를 넘을 생각이 없었다.

물론 니르바나를 되찾기 위해서라면 어쩔 수 없겠지만 기왕이면 적은 피해로 그녀를 되찾을 수 있다면 그게 제일 좋은 것이지 않겠는가.

이미 니르바나가 천탑상회에 의탁했고, 지금은 암문에 숨었음을 잘 알고 있었다.

이곳에서 암문이 있는 곳까진 너무나 멀었다.

역시 제일 좋은 것은 어떻게든 그녀를 불러들이는 것.

'뭐가 좋을까?'

"좋은 방법이 없을까…"

자신의 거처로 돌아와 홀로 생각에 잠기는 그.

그때였다.

"좋은 방법이 있지."

"누구…."

"조용히 좀 하지?"

오싹!

호위로 둘러싸인 자신의 천막에 조용히 침입한 것만으로도 놀랄 지경인데, 순간 뿜어진 기운은 그의 입을 다물게 하기에 부족함이 없었다.

온 몸에 돋아 오르는 소름.

검은 두 눈동자에 가득한 혼돈과 살기는 밀검도 난생 처음 보는 것이었다.

"무슨 일이십니까?"

그때 천막 밖에서 호위 중 한 사람의 목소리가 들리고.

사내는 눈짓으로 해결하라는 모습을 보였다.

"아무것도 아니다. 잠자리에 들 것이니 최소한의 호위만 남기고 쉬도록."

"예."

밖에서 작은 기척들이 들리고.

사내가 불길한 미소를 지었다.

우웅.

기의 파동이 아주 미세하게 일어난다 싶은 순간.

"자유롭게 말을 해도 좋아. 기막을 쳤으니."

"으음…!"

거의 느끼지도 못할 정도였는데 기막을 펼쳤다.

'고수. 그것도 상상을 초월하는…!'

"영리하군. 난 영리한 사람을 좋아하지."

"당신은… 누구…십니까?"

"흐흐흐."

침을 삼키며 묻는 밀검을 보며 그는 웃었다.

"서로 간에 길게 볼 인연은 아닌데, 굳이 통성명이 필요하진 않겠지."

"……."

"난 제안하고, 넌 받아들인다. 네가 할 일은 그것 뿐."

웃으며 말하는 그를 보며 밀검은 입을 열 수 없었다.

어느새 몸을 죄여오는 강렬한 기운에 감히 거절 할 수 없었던 것이다.

다만 한 가지 확실히 알 수 있었다.

그가 마음먹었다면 이미 자신은 이 세상 사람이 아니라는 것과, 그가 자신을 죽이지 않을 것이란 확신.

"네 고민을 해결해 주지. 니르바나라고 하나? 그 계집을 데려다 주지. 대신 네가 해야 할 일은 간단해."

스윽.

그가 주먹 쥔 손을 내밀어 편다.

손바닥 위에 모습을 드러내는 붉은 단약들.

세 개에 불과한 그것을 내밀며 그는 말했다.

"암군 장양휘. 놈을 죽여라. 그것이면… 우리의 거래는 충분히 만족 할 수 있을 것 같군."

"암…군."

"그래. 네놈들의 앞을 막아선 그 놈. 참 쉽지?"

웃으며 그는 붉은 단약을 밀검의 손에 쥐어준다.

"일시적으로 힘을 증폭시키는 약이다. 귀한 것이니 알아서 사용해라. 이걸 쓰고도 놈을 죽이지 못한다면… 우린 다시 보겠지."

스르륵.

말이 끝나기 무섭게 그는 나타날 때처럼 조용히 사라진다.

마치 신기루처럼.

"놈을… 죽이라고?"

자신의 손에 남겨진 붉은 단약을 보며 밀검의 얼굴이 일그러지지만 거기까지였다.

어차피 그는 자신이 항거 할 수 없는 고수.

그의 말처럼 니르바나가 이곳으로 오고 놈을 죽일 수 있는 길이 열린다면.

"좋은 기회일 뿐이지."

그가 왜 하필 자신을 찾아와 이런 조건을 내민 것인지는 알 수 없다.

하지만 밀검은 찾아온 기회를 걷어차는 멍청이가 아니었
다. 물론 뒤통수를 맞을 수도 있는 일이지만….

'그건 나중에 생각해야지. 지금은 니르바나와 놈을 죽이
는 것에만 집중한다.'

"제대로 먹혔군."

장양운은 그의 보고에 피식 웃었다.

중원의 상황이 재미있게 돌아간다 싶은 순간 장양운은
자유롭게 움직일 수 있는 그에게 부탁해 밀검에게 비응단
을 건네게 한 것이다.

폐관을 깨고 나온 단목성원 때문에 장양운은 함부로 움
직일 수 없었다.

그렇기에 그에게 인피면구와 함께 부탁을 한 것인데 그
가 흔쾌히 부탁을 들어준 것이다.

"중원은 앞으로 재미있게 돌아가겠더군요."

"이번 기회에 놈이 죽으면 제일 좋겠지만 그럴 확률은
낮겠지?"

"괴검을 이겨낸 놈입니다. 비응단을 쥐어주었다곤 하나
장담 할 순 없겠지요."

그의 말에 장양운은 재미있다는 듯 웃었다.

"지금을 기준으로 삼으면 확실히 휘. 그놈이 나보다 강
하겠지."

"그렇습니다."

한 치의 망설임도 없이 고개를 끄덕이는 그.

예전이라면 날뛰었을 장양운이지만 이젠 그러지 않았다.

"지금과 같은 성장세라면… 금방 따라 잡을 수 있겠어."

"물론입니다. 도련님의 성장 속도는 저로서도 예상치 못했을 정도니까요. 다만 저 개인적으론 외부에 눈을 돌리는 것보단 내부부터 다지시는 것이 좋을 듯 합니다."

"당연히 그렇게 해야지."

그의 충고를 받아들이는 장양운.

사실 그가 말하지 않아도 장양운은 밖으로 나갈 생각이 조금도 없었다.

은둔자들이 합류하면서 지각의 힘이 빠른 속도로 상승세에 있었다. 기회를 놓치지 않고 그들을 적재적소에 배치하며 지각 전체에 큰 활력을 불어 넣는데 장양운은 온 힘을 다하고 있었다.

지각은 훗날 자신의 바탕이 될 힘.

무엇에 집중을 해야 하는지 장양운은 잘 알고 있었다.

그리고 사형인 단목성원을 견제해야 한다는 것도 말이다.

❖

　안전을 위해 암문으로 이전을 한 뒤 파세경이 하는 일은
조금도 줄어들지 않았다.

　원체 그녀의 결제를 필요로 하는 일이 많기 때문이다.

　무서운 속도로 성장하고 있는 천탑상회기에 그녀의 결제
가 하루만 미뤄져도 거기서 오는 파장은 상상을 초월할 정
도였다.

　다만 그런 그녀도 비정기적이긴 하지만 인근의 천탑상회
지부로 가야 하는 일이 있었다.

　문서로는 처리 할 수 없는 일을 처리하기 위해서였다.

　바로 오늘처럼 말이다.

　다각, 다각.

　천탑상회를 상징하는 깃발과 마차가 움직이고, 그 주변
을 암영들이 모습을 드러낸 채 호위한다.

　안전을 위해서라면 밖으로 나가지 않는 편이 좋겠지만, 이
렇게 나가야 할 때면 암영들이 반드시 호위로 따라 붙었다.

　가까운 도시로 가기 때문에 괜찮다고 파세경이 말했지
만, 휘는 만약의 사태에 대비해야 한다며 홀로 움직이지 않
게 했다.

　파세경은 호위를 최소화로 하기 위해 나가야 하는 일이
있으면 최소한의 인원으로 움직였지만 오늘은 달랐다.

"와, 오랜만에 밖에 나오니까 숨이 트이는 것 같아요."

"그래?"

마차 안에 가득한 여인들.

파세경의 일을 돕기 위해 암문으로 함께 온 그녀들이 필요 하는 물건도 사고, 약간의 숨도 돌릴 겸해서 모두를 데리고 나가고 있었다.

이를 위해 눈에 보이진 않지만 암영들이 다수 동원된 상황.

"내가 일 처리하는 동안 자유롭게 움직이고. 보이진 않지만 암문에서 나오신 분들이 호위를 서 주실 테니, 너무 폐 끼치지 말고들."

"네!"

그녀의 말에 일제히 대답하는 여인들.

그 모습을 보며 파세경도 빙긋 웃고 말았다.

잠시 후 마차가 지부에 들어서고 일각도 되지 않아 여인들이 우르르 몰려 나간다.

짐꾼 겸 호위로 지부의 표사와 짐꾼들이 붙고.

암영들은 모습을 감춘 채 멀리서 호위를 시작했다.

"필요한 게…."

여럿이 모여서 움직인 다른 사람들과 달리 기태연은 혼자서 움직였다.

호위 겸 짐꾼을 자처한 표사가 있었지만 그녀는 물건이 많지 않다며 혼자 움직이는 것을 택했다.

어차피 보이진 않지만 암영들이 자신을 지켜주고 있단 것을 알기 때문이다.

생각처럼 그녀에겐 암영이 무려 열이나 붙었다.

밀교가 움직인 이상 만약을 대비하기 위한 조치였다.

제 아무리 강한 무인을 보내더라도 열 명의 암영이라면 충분히 처치하거나 만약의 경우에도 시간을 끌 수 있을 것이라 판단했으니까.

하지만 그 판단이 틀렸다는 것을 깨닫는 데엔 많은 시간을 필요로 하지 않았다.

스학.

시장을 거닐던 그녀의 앞에 갑작스레 모습을 드러내는 흑의 무인.

얼굴까지 놓치지 않고 검은 천으로 얼굴을 가린 그는 두말할 필요도 없다는 듯 즉시 기태연의 수혈을 누르고 재빨리 어깨에 들쳐 멨다.

그 순간.

스스슥! 슥!

암영들이 빠르게 포위하며 모습을 드러내는 그 순간.

"꺼져라!"

퍼퍼펑!

단 한 방이었다.

거침없이 휘두른 그의 주먹에 단숨에 포위망이 무너지고 길이 뚫렸다.

뚫린 포위망을 그는 놓치지 않고 단숨에 달려 나가고.

"쫓아라!"

몸이 멀쩡한 암영 다섯이 빠르게 놈의 뒤를 쫓는다.

하지만 불의의 일격을 제대로 당한 암영 둘은 자리에서 일어나지 못했다.

남은 셋도 멀쩡하진 못했으나 그 둘만큼은 아니었다.

그들 중 발이 멀쩡한 암영은 곧장 암문을 향해 움직였고, 둘은 쓰러진 동료를 돌본다.

갑작스레 일어난 소란에 멍하니 보고만 있던 사람들이 비명과 함께 흩어진다.

"뒤는?"

"쫓고 있습니다."

파바밧!

고속으로 움직이며 휘는 화령에게 보고를 들었다.

소식을 듣자마자 빠른 속도로 움직이기 시작했지만, 놈이 어찌나 빠르게 움직이는 것인지 뒤를 쫓을 수 없었다.

"저건?"

그때 휘의 눈에 낙오된 암영 중 하나가 보였다.

암영들 중 발이 그리 빠르지 않은 자로, 뒤쳐지자 일찌감치 포기하고 휘를 기다리는 중이었다.

그를 보고 휘는 속도를 늦추었고, 그것에 맞춰 몸을 날리며 합류한다.

"아직까진 단독범행으로 보입니다. 쫓을 수 없는 속도로 이동 중이며 초고수로 파악됩니다. 현재 서쪽을 향해 움직이고 있으며 특별한 목적지는 확인되지 않았습니다."

"쉬다가 후속대에 합류해라."

"명."

파앗-!

보고가 끝나기 무섭게 명령을 내린 휘는 다시 속도를 올려 빠른 속도로 달리기 시작했다.

화령도 입을 다물고 전력으로 달리고 있었지만 휘의 뒤를 따르는 것이 점차 버거워지고 있었다.

그때 또 다른 암영이 보였고, 이전과 같은 식으로 보고가 이루어졌다.

"대체 놈의 목적이 뭐지?"

이전과 다를 것이 없는 보고에 고민하던 휘의 머릿속에 떠오른 하나.

"밀교! 놈들이구나!"

너무 갑작스러운 일이라 잊고 있었다.

그녀에게 왜 호위가 붙었던 것인지 말이다.

"화령! 넌 남아서 나머지 끌고 청해로 와라! 밀교 놈들이다!"

"존명."

휘의 명령에 그녀는 고집을 세우지 않고 발을 멈추었다.

어차피 더 이상 휘를 쫓아 움직이는 것이 무리였던 까닭이다. 홀가분한 몸이 되자 휘는 이전과 비교 할 수 없는 속도로 움직인다.

가히 하늘을 가르는 화살처럼 말이다.

쐐애애액!

얼마 지나지 않아 남은 두 사람의 암영을 만날 수 있었고, 휘는 놈을 놓치지 않기 위해 자신이 낼 수 있는 최대한의 속도로 올렸다.

마침내 마지막 암영의 뒤를 밟는 순간 저 멀리 사라지고 있는 놈을 보았고, 휘는 멈추지 않고 놈을 쫓았다.

하지만.

'대체… 누구냐, 넌?'

도저히 놈과의 거리가 줄어들 생각을 하질 않는다.

분명 눈에는 보이는데 어느 정도에서 거리가 줄어들지를 않는다.

이것이 뜻하는 바는 둘.

놈이 일부러 거리를 조절하거나.

놈의 속도가 휘와 비슷하거나.

하지만 여기까지 따라잡은 것을 생각하면 놈이 휘와 비슷한 속도일리 없다.

'나보다 고수. 밀교에 저런 고수가 있는가? 아니면… 일월신교?'

지난 밀교주를 생각해보면 휘는 놈이 밀교 무인이란 판단을 버렸다. 차라리 일월신교의 고수라는 것이 더 설득력 있었다.

거기서 얻어지는 결론은 하나.

밀교와 일월신교가 모종의 협약을 했다는 것.

'동맹은 아닐 거야. 일월신교 놈들의 성격을 생각하면 더더욱. 아니, 동맹도 아니겠군. 놈들을 이용하는 건가?'

순식간에 머릿속으로 계산을 세우는 휘.

쐐애액!

바람소리가 무섭게 변화를 일으키고 있음에도 둘 간의 거리는 결코 좁혀지지 않는다.

심지어 그는 어깨에 기태연을 업고 있는데도 말이다.

호북에서 시작된 발걸음은 겨우 반나절도 되지 않아 호북을 벗어나고 있었다.

섬서의 경계선을 따라 달리는 놈.

쉬지도, 먹지고, 싸지도 않는 놈을 보며 휘는 진심으로 혀를 내둘렀다.

무림이 아닌 일월신교까지 폭을 넓힌다 하더라도 자신의

경공을 따라 잡을 수 있는 사람은 없을 것이라 생각했다.

본래도 빨랐지만 혈마공을 익히며 더 빨라졌기 때문이다.

그랬던 생각이 모조리 깨어졌다.

거기까지는 휘도 괜찮았다.

진심으로 놀라고 있는 것은 놈의 내구성이었다. 아무리 잘난 무인이라 하더라도 한계를 넘어서는 운동은 길게 하지 못한다.

내공의 힘을 빌더라도 한계가 있는 법이다.

헌데 놈은 그런 한계가 존재치 않는다는 듯 빠르게 움직이고 있었다.

놈이 경공에 특출한 능력을 가져 자신보다 더 빠르다 하더라도 마찬가지.

미쳤다고 불러도 좋을 속도를 이렇게까지 유지 할 순 없다.

휘 자신만 하더라도 혈마제령공을 통해 육체가 미친 듯이 강화되지 않았다면 벌써 나가 떨어졌을 것이다.

그 막강한 의지에 놀라고, 놈의 실력에 놀란다.

하지만 휘는 여기서 포기 할 생각이 조금도 없었다.

지켜주기로 약속했었다. 기태연 그녀와.

자신이 한 약속을 깰 생각은 조금도 없는 휘였기에 놈의 뒤를 쉬지 않고 쫓았다.

마치 이럴 줄 알았다는 듯 놈은 전력으로 달리는 와중에도 한 번씩 방향을 바꾼다.

하지만 바꾸는 범위가 그리 넓지는 않았다.

섬서와 사천의 경계선을 타고 움직이다, 결국 감숙으로 접어 든 것이다.

'그래봐야 결국 목표는 청해겠지. 근데 정말 사람인 건가?'

벌써 삼일을 밤낮으로 달리고 있기에 휘의 고민은 당연했다.

인간으로서 도무지 버틸 수 없을 정도의 영역이었으니까.

혈마제령공을 익힌 것도 아니다.

그랬다면 휘의 몸에 잠든 혈룡들이 단숨에 알아차렸을 테니 말이다.

문제는 휘 조차도 이젠 지쳐가고 있다는 것이었다.

아무리 인간의 한계를 넘은 육체를 지니고 있다고 하지만 삼일을 쉬지 않고 움직이는 것은 대단한 부담이다.

막대한 내공도 이럴 땐 큰 도움이 되지 않는다.

또 한편으로 걱정되는 것은 바로 기태연이다.

멀리서 봤을 때 그녀는 혼혈을 짚인 것으로 보이는데, 이렇게 빠르게 움직이고 있는 상황에서 삼일을 깨지 않는다는 것은 그 자체만으로도 몸에 큰 무리인 것이다.

특히 무공을 익히지 않은 그녀이기에 더욱 그러했다.

납치범이 얼마나 그녀를 보호하고 있는 지도 알 수 없고.

그나마 아직 살아있는 것 같다는 것이 휘가 확인 할 수 있는 전부였다.

'미친놈 같으니!'

그는 아직도 자신의 뒤를 쫓는 놈을 보면서 이를 뿌득뿌득 갈았다.

이런 상황을 머릿속에 그리고 움직인 것은 사실이지만 이렇게까지 빠르게 움직이게 될 줄은 그도 몰랐다.

당장 호북을 넘는 것만 하더라도 최소 이틀은 걸릴 줄 알았는데 겨우 반나절 만에 넘어야 했다.

그 괴물 같은 실력을 인정하고 있었지만.

'그 짧은 시간에 더 늘다니. 진짜 괴물은 저쪽이었군.'

장양운이 한 부탁의 마지막을 장식하기 위해 직접 움직인 것이 이런 사태를 만들게 될 줄 그는 단 한 번도 생각지 못했다.

본래 적당히 시간을 끌며 밀교가 있는 곳에 그녀를 데려다 놓으려 했는데.

시간을 끌기는커녕 잡히지 않기 위해 전력으로 움직여야 했다.

만약 조금만 실력이 딸렸더라면 벌써 놈에게 잡혔을

지도 몰랐다.

'도련님 실력으론 아직 감당 할 수 없겠어. 차라리 이쯤 에서 제거하는 편이?'

순간 머릿속을 스쳐 지나가는 살의.

하지만 그는 곧 털어내 버린다.

놈의 상대는 자신이 아닌 장양운이었다.

앞으로는 위해서라도 놈을 자신이 죽여선 안 되었다.

'어쩔 수 없지. 일이 이렇게 되리라곤 생각지 못했지 만… 뒷일은 놈들에게 맡기는 수밖에.'

어차피 시간을 끌려고 했던 것도 밀교 놈들에게 여유를 주려고 했던 것뿐이다.

그 여유가 없어진다고 해서.

자신의 탓인 것도 아니니 그는 곧장 밀교가 있는 청해를 향해 빠른 속도로 달려 나가기 시작한다.

이렇게 된 것.

빨리 처리하고 돌아가서 푹 쉬고 싶었던 것이다.

❖

밤이 깊은 시각.

곤히 잠을 자던 밀검이 벌떡 자리에서 일어서더니 옆에 두었던 검을 붙든다.

"거기까지."

스르륵.

마치 알고 있었다는 듯 조용히 모습을 드러내는 그.

먼지가 가득한 옷과 어깨에 짊어진 한 사람의 모습.

그는 귀찮다는 듯 어깨의 그녀를 내려놓곤 밀검을 향해
말했다.

"약속은 지켰다. 뒤는 알아서 하도록."

"그게 무슨…."

땡땡땡!

"적이다!"

"막아! 막으라고!"

스르륵.

갑작스런 소란에 밀검의 신경이 쏠리는 틈을 타 그는 다
시 몸을 감춰버리고.

그 짧은 사이 기척을 놓친 밀검은 이를 악물며 쓰러진 그
녀의 얼굴을 확인한다.

"니르바나!"

그곳에.

니르바나라 불리는 기태연이 있었다.

"분명 함정인데…."

저 멀리 보이는 밀교 무리를 보며 휘는 한숨을 내쉰다.

놈의 뒤를 쫓아 달려온 그 끝에는 예상했던 것처럼 밀교가 있었다.

이곳으로 오는 동안 휘는 확신 할 수 있었다.

놈이 일월신교의 무인이라는 것을 말이다.

제법 시간이 흘러 잊고 있었지만, 놈의 뒤를 쫓는 동안 한 사람을 떠올릴 수 있었다.

'분명 장양운을 데려갔던 자다.'

그동안 잊고 있었지만 한 번 떠오르자 당시 그가 보여주었던 실력에 대해 생각이 나기 시작했다.

'일월신교에 내가 모르는 뭔가가 있어. 분명.'

일월신교에 대해 모든 것을 안다고 할 수는 없지만 대부분은 알고 있다 생각했는데, 그게 아니었다.

저런 고수가 한 명만 있을 것이라 생각 할 순 없다.

"빌어먹을. 결국 겪어보는 수밖에 없겠지?"

지금으로선 당장 방법이 없었다. 놈들에게서 정보를 빼올 수도 없는 상황이니.

게다가 지금 중요한 것은 기태연을 다시 되찾는 것.

밀교에서 두 번 다시는 그녀를 찾지 않을 정도로 확실히 밟아주는 것이 먼저였다.

짜증나는 상황이었지만 휘는 오히려 잘됐다고 생각했다.

짜증을 풀어낼 대상이 눈앞에 있으니까.

크르르.

몸 안의 두 마리의 혈룡이 그런 휘의 기분을 느낀 듯 낮게 울부짖는다. 당장이라도 뛰쳐나갈 준비를 하며.

기태연을 데리고 간 놈은 이미 저곳을 벗어난 이후일 것이다.

이유야 어찌되었건 놈이 원했던 것은 자신과 밀교의 충돌이었을 테니까.

스르릉.

천천히 혈룡검을 뽑아든다.

"악몽을 꾸게 해주마."

이를 악문 휘가 밀교 무인들이 모여 있는 곳을 향해, 몸을 날린다.

暗罪右家 58章

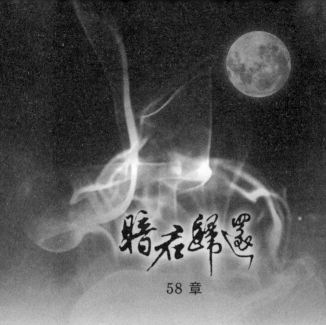

58 章

붉은 섬광이 스쳐 지나간 자리엔 어김없이 붉은 피가 튀어 오른다.

수도 없이 달려들어 붉은 섬광을 멈추려 들었지만.

누구하나 성공한 사람이 없다.

튀어 오르는 피와 토할 것 같은 혈향.

사방에 쌓여가는 시신.

그 괴이한 모습 속에 누구하나 도망칠 법 하건만 밀교 무인들은 굳건히 자신의 자리를 지킨다.

공포에 잠식된 몸을 하고서도 자리를 지키고, 차례가 되면 뛰어들었다.

그리고.

그들의 목을 베는 것은 휘였다.

스컥!

툭, 데구르르.

또 하나의 목이 떨어져 내리고, 허공에 뿜어지는 피 분수.

휘의 움직임은 거침이 없었다.

자신을 숨기려 들지도 않았고.

적들을 피하려 들지도 않았다.

그저 묵묵히 앞으로 움직일 뿐.

휘의 손에 들린 혈룡검은 묵묵히 일 검에 한 명의 목숨을 빼앗는다.

다만 그것이 워낙 빨라 단숨에 수 명의 목숨을 빼앗는 것 같은 착각을 일으킬 뿐.

푸확-!

튀어 오르는 피를 뒤로 하고 휘의 신형이 섬전처럼 움직인다.

결코 멈추지 않는 그의 발걸음.

"막아!"

"붙들란 말이다!"

"으아아아!"

귀가 아플 정도로 소란스런 소리가 들려온다.

스컥.

손으로 전달되는 날카로운 감각.

기묘하면서도 이젠 익숙해져버린 감각을 뒤로 하고 휘는 쉬지 않고 검을 휘두르며 앞으로 걸었다.

워낙 확실하게 흔적을 남겨 준 덕분에 길을 잃어버릴 염려는 없다.

'무슨 생각을 하고 있는 것인지 모르겠지만, 확실히 어울려주마. 어떤 결과를 원했든.'

스컥!

"바랬던 것과는 다를 테지만."

소란스런 수하들을 뒤로하고 재빨리 니르바나를 자신의 막사로 옮긴 밀검의 얼굴은 복잡하기 그지없다.

먼지가 가득 덮이긴 했지만 분명 니르바나다.

수혈을 짚어 잠재워놓긴 했지만 이게 언제까지 유지될 것인지도 알 수 없다.

"미치겠군."

으득!

이를 악무는 밀검.

니르바나를 되찾는 것은 그가 밀교를 다시 중원으로 움직이게 한 결정적인 원인.

하지만 그 실상은 조금 달랐다.

사부를 죽이고 자신에게 씻을 수 없는 공포의 각인을 새긴 놈들에게 복수를 해주고 싶었다.

그렇기에 금기를 깨고 광혈쌍마를 데려온 것이다.

그들마저 실패로 끝나며 이대로 포기해야 하는 가 싶었지만 말이다.

"아니지, 이걸 기회로 삼으면 되지. 놈이 니르바나를 쫓아 왔다는 것은… 그만큼 중요한 인물이라는 뜻이니까."

사실 그에게 있어 니르바나는 아무래도 좋았다.

밀교의 염원과 비원 그런 것 따윈 아무래도 좋았다.

자신의 복수를 할 수만 있다면 말이다.

게다가 니르바나란 존재는 결국 다시 환생한다.

즉, 언제고 다시 나타나는 존재란 것이다.

그에 반해 자신은 지금 밀교 최고의 자리에 올랐고 말이다.

'그래. 니르바나는 아무래도 상관없어. 중요한 것은… 더 이상 내 앞을 막을 걸림돌이 없어야 한다는 것!'

자신을 정당화시키기 만들기 위해 시작한 생각은 이제 그의 모든 것이 되었다.

목적을 위해서라면 무엇이든 희생을 시킬 수 있을 정도로.

그리고 그는 그 희생의 첫 번째를 자신의 수하들로 삼았다.

"당장 광혈쌍마를 부르고! 장로들을 비롯한 정예는 놈을 막아라!"

"존명!"

천막 밖으로 그가 소리치자 곧 명령에 반응하여 움직이는 수많은 무인들.

그들의 기척을 느끼며 밀검은 쓰러진 니르바나.

기태연의 얼굴을 쓰다듬었다.

"나쁘게 생각하지 마라. 니르바나."

펄럭!

"불렀나?"

"밖이 소란스러운데 이쪽으로 불러도 괜찮은 거야?"

광혈쌍마가 자연스럽게 천막 안으로 들어선다.

이전과 다른 분위기를 풍기는 두 사람.

이전까지 자유분방한 분위기를 풍겼던 둘이지만 그날 이후 냉정한 모습으로 주변을 대하며 자신들을 채찍질 하고 있었다.

그런 둘의 등장에 밀검은 웃으며 손가락으로 바닥의 니르바나를 가리킨다.

"우리의 목적이 이루어졌군. 니르바나다."

"……!"

두 사람의 얼굴이 굳는다.

"이게 어떻게 된 일이냐?"

침묵을 깨고 먼저 입을 연 것은 하현이었다.

으르렁거리는 그의 눈빛을 담담히 받으며 밀검이 입을 연다.

"약간의 조력이 있었지."

"그 조력이라는 것이 니르바나의 목숨을 해하는 일이 될 수도 있음인데 말이냐?"

날카로운 그의 물음에 밀검은 얼굴색 하나 변하지 않은 채 답했다.

"설령 니르바나를 잃는다 하더라도! 내가 살려야 할 것은 이 계집이 아니라! 저 밖에서 죽어가는 밀교의 무인들이다!"

"……."

강렬한 밀검의 기세와 외침.

그에 상현이 하현의 어깨를 두드린다.

"그만둬라. 교주의 말이 틀리지 않았음이니."

"형!"

"니르바나가 소중한 것임은 확실하나 다시 윤회하는 존재. 당장 니르바나를 지키고자 수백에 이르는 수하들을 잃는 것이 더 큰 문제다. 그것에 대해선 너도 이젠 잘 알고 있지 않느냐?"

퉁명하지만 정확히 핵심을 찌르는 상현의 말에 하현은 이를 악물더니 곧 물러선다.

그런 둘의 모습을 보며 밀검은 품에서 붉은 단약을 꺼낸다.

모두 세 개의 단약.

"힘을 일시적으로 상승시켜 주는 약이다. 부작용이 없다곤 할 순 없지만 놈을 잡는데 부족함은 없겠지."

"쯧."

복잡한 눈을 하지만 결국 혀를 차며 상현은 두 개의 단환을 집어 하나를 동생에게 던진다.

"그 부작용이라는 것이 제법 심각하겠지만 어쩔 수 없지. 다만 내가 바라는 것이 있다면 이 선택이 잘못된 것이 아니길 바라는 수밖에."

"맹세하지. 밀교를 위한 길이라는 것을."

말을 하는 밀검의 입가로 미소가 지어지지만.

그 미소마저 탐탁지 않은 듯 두 사람은 곧장 천막을 나선다.

"저놈 괜찮을까?"

천막을 나서며 하현이 말을 건다.

하지만 상현은 뒤돌아보지 않았다.

"하긴 이미 돌이킬 수 없는 일이지. 그보다 놈이겠지? 이번엔 이길 수 있을 것 같아?"

동생의 물음에 그제야 얼굴에 감정을 드러내는 상현.

일그러진 얼굴로 상현은 답했다.

"모르겠다. 아니, 어쩌면… 이게 마지막이겠지."

"쯧."

마지막이라는 말에도 하현은 혀를 찰 뿐 더 이상 입을 열지 않는다.

두 사람 모두 느끼고 있었다.

너무나 오래 살았다는 것을 말이다.

그렇기에 최대한 빨리 그곳으로 돌아가 조용히 떠나려 했는데, 그게 쉽지 않게 되어버린 것이다.

"실력으로만 보면 우리가 그리 밀리는 것 같지 않은데 말이야. 결국 실전 감각의 차이인가?"

"시대가 바뀌었다는 거지."

"씁쓸하네."

혀를 차며 돌연 웃음을 터트리는 동생을 보며 상현은 느긋하게 몸을 움직인다.

"가자. 슬슬 나서야 할 것 같으니."

즈컥!

날카로운 소리와 함께 또 하나의 목숨이 사라지고, 휘의 뒤편으로 쌓이는 시신이 늘어난다.

걷고 있을 뿐인데도 그의 뒤로 빠르게 늘어가는 시신들.

짧은 사이에 벌써 수십을 넘어 백 단위에 이르는 인원을 베었음에도 휘는 만족하지 못했다.

아니, 시간이 흐를수록 불만을 가질 수밖에 없었다.

당연했다.

놈들은 휘가 상대하기에 너무나 부족했다.

혈마공의 영향인지 놈들이 쓰러지며 흘리는 피가 도움이 되지 않은 것은 아니지만, 솔직히 욕구불만이 생길 수밖에 없다.

이 정도 소란이라면 밀교의 정예가 나올 법도 하건만 그런 기미도 없었고.

그나마 지금 달려드는 놈들이 괜찮아 보이지만.

그뿐이다.

누구도 휘의 검을 받아내지 못했고, 막아서지 못했다.

공포스러울 정도로.

그때였다.

쐐애액!

빠르게 날아드는 검 하나.

쩌엉!

혈룡검으로 어렵지 않게 받아냈지만.

마침내 휘의 발걸음이 멈춰 섰다.

"드디어 나오는 건가."

"물러서라!"

휘의 중얼거림이 끝나기 무섭게 여기저기서 명령이 떨어지고, 금세 휘를 중심으로 삼십 장이 넘는 어마어마한 공간이 만들어진다.

그 사이를.

두 사람이 느긋한 걸음으로 모습을 드러낸다.

이미 휘도 겪어본 두 사람.

광혈쌍마였다.

만전의 태세가 된 듯 연신 폭발적인 기세를 뿜어내는 둘을 보며 휘 역시 두 마리의 혈룡을 풀어내었다.

쿠아아아아!

괴성을 내지르며 삽시간에 주변을 점령해가는 놈.

지난번에 부딪쳤기 때문일까.

서로 간에 별 다른 이야기는 없다.

전과 다른 것이 있다면.

"이번엔 내가 먼저."

동생인 하현이 먼저 앞으로 나섰다는 것이다.

튕!

가볍게 땅에 있던 검을 발로 차, 손에 쥔 하현은 몇 번 휘둘러보곤 고개를 끄덕인다.

그 정도의 실력자라면 더 이상 무기는 가리지 않는다.

대장간에서 파는 싸구려 철검이라도 그의 손에 들어가면 보검 이상의 힘을 보일 테니까.

팍!

말없이 땅을 박차고 달려 나온 하현의 검이 빠른 속도로 허공을 가른다.

방금 전까지 검이 스쳐지나가는 그 자리에 서 있던 휘는 어렵지 않게 검을 피해낸 뒤 그의 품으로 파고들려했다.

휘익.

어느새 턱을 노리고 날아드는 그의 무릎에 입을 다시며 휘는 물러 설 수밖에 없었다.

빠르고 간결한 공방이었지만 두 사람 모두 알고 있다.

이것이 인사에 불과하다는 것을.

비록 대화를 나눈 것은 아니지만 이제부터가 진짜 임을 두 사람 모두 잘 알고 있었고.

그것은 두 사람이 아닌 그들의 밖에서 힘겨루기를 하고 있는 기세 싸움만 봐도 알 수 있었다.

파직, 파지직!

결코 밀리지 않으며 치열하게 다툼을 벌이는 기운들.

선명하게 드러난 휘의 붉은 기운과 하현의 검은 기운.

두 기운은 한 치의 양보도 없이 주변을 떠돌며 쉴 새 없이 부딪치고 있었다.

요란스런 놈들과 달리 둘의 부딪침은 요란스럽지 않았다.

아니, 검조차 부딪치지 않았다.

눈으로 쫓기 불가능 할 정도로 빠르게 움직이는 둘의 모습.

쩌억!

간간히 들려오는 소리가 아니라면 두 사람이 어디에 있는 것인지 일반인의 눈으론 쫓을 수도 없었다.

쯔학!

허공을 가르는 거친 소리와 함께 한 것 숙인 머리 위로 스쳐지나가는 검.

숙인 허리를 쭉 피며 아래서부터 검을 치켜세우던 휘는 이어 날아드는 하현의 발차기에 혀를 차며 무릎에 힘을 주어 몸을 뒤로 튕겨낸다.

팍!

비산하는 흙.

시야를 가릴 정돈 아니기에 휘는 어깨에 힘을 빼며 빠르게 전방을 향해 검을 휘두른다.

공격을 하기보단 하현의 접근을 막으려는 목적이다.

쐐액!

스컥, 스컥!

의도가 제법 먹힌 것인지 날카롭게 허공을 긋고 지나가는 휘의 검에 물러서는 하현.

눈 깜빡할 사이 목숨이 오갔어도 부족하지 않을 공방을

주고받은 두 사람이지만 두 눈의 차가움은 전혀 변하지 않는다.

오히려 적의만 높아졌을 뿐.

훅!

두 사람의 신형이 다시 모습을 감췄다가, 나타난다.

허공에서였다.

쩌어엉!

둘의 검이 있는 힘 것 부딪친다.

귀를 찌르는 괴성이 사방에 울리고, 그 힘의 여파가 퍼져 나간다.

쿠오오오!

혈룡이 울부짖자 온 몸에서 주체 할 수 없을 정도의 힘이 끓어 넘친다.

사실 휘의 입장에서 봤을 때 광혈쌍마는 분명 부담스러운 상대였다.

냉정하게 봐서 광혈쌍마는 따로 놓고 보더라도 괴검과 맞먹는 실력자들.

그들을 연속으로 상대한다는 것은 지금의 휘라도 결코 쉽지 않은 일이었다.

그런 것들을 알면서도 휘는 검을 휘둘렀다.

어차피 기태연을 구하기 위해선 놈들을 이겨야 했고, 지금이 아니면 그녀를 놓칠 가능성이 농후했다.

이런 상황에서 일을 뒤로 미루고 있을 휘가 아니었다.

정면 돌파.

때론 이것보다 좋은 수가 없을 때도 있는 법이고, 지금이 바로 그때라고 휘는 생각하고 있었다.

쩌정! 쩽!

동생과 연신 검을 부딪쳐 나가는 휘의 모습을 보며 상현은 이를 악물었다.

"괴물 같은 놈."

'그 짧은 사이에 더 강해지다니.'

인정하기 싫지만 인정 할 수밖에 없는 사실.

놈의 실력은 그 짧은 시간동안 이전과 비교 할 수 없을 정도로 진화해 있었다.

괴물 그 자체였다.

자신과 동생을 굳이 비교하라면 그 실력의 차이는 미미하다. 아니, 동생 쪽이 좀 더 높게 쳐준다.

그럼에도 불구하고 자신이 아닌 동생이 먼저 나선 이유는 하나.

실전감각 때문이었다.

실전감각이 부족한 것은 두 사람 모두 비슷하지만 그나마 놈과의 싸움을 통해 많이 회복한 것이 상현이었다.

그렇기에 하현이 먼저 나섰다.

놈의 힘을 빼놓기 위해서 말이다.

이미 놈이 위험한 존재라는 것은 이전의 싸움으로 증명이 된 것.

후환을 남겨 놓지 않기 위해서라도 이번에 확실히 놈을 제거해야 했고, 그러기 위해 두 사람이 작정을 한 것이다.

'설령 이 자리에서 목숨이 끝난다 하더라도 어쩔 수 없지. 밀교의. 천룡사의 미래를 위해서라면.'

금옥에서 오랜 세월을 보내며 밀교로부터 버림받다 시피 했지만 거기에 불만은 없다.

오히려 인생의 마지막에 이르러 다시 한 번 밀교에 도움이 될 수 있는 기회가 왔다는 것에 둘은 기뻐하고 있었다.

'저쪽이 조금 걱정되긴 하지만… 괜찮겠지. 그 정도에 흔들릴 곳이 아니니까.'

현 교주의 상태가 이상하긴 했지만 곧 신경을 끈다.

놈을 제거하고 나면 더 이상 자신들이 맡을 일은 없을 것이고, 설령 일이 벌어진다 한들.

내부의 일로 무너질 정도로 밀교가 형편없는 것도 아니니까.

그러니 상현이 지금 해야 할 일은 하나.

놈과 동생의 싸움을 지켜보며 조금이라도 더 감각을 되찾고, 놈의 약점을 찾아내는 것이었다.

쩡!

꿍음과 함께 붙었던 두 사람이 떨어져 나간다.

검을 통해 느껴지는 힘이 이전과 다를 바가 없지만 휘는 뭔가가 달라졌다고 생각했다.

형과 동생의 차이라고 생각하기엔 확연히 다른.

'시간을 끌려는 건가? 왜?'

상황은 놈들에게 절대적으로 유리하다.

자신은 혼자이지만 놈들은 숫자를 세는 것이 무의미할 정도로 많으니까.

그럼에도 불구하고 이런 식으로 나온다는 것은….

힐끗.

휘의 시선이 순간 상현을 향했다가 하현에게 준다.

'뭔가를 준비할 모양인데, 어쩐다?'

사실 작정하고 한 방 터트리려고 한다면 못할 것도 없다. 뒤가 문제이긴 하지만.

지금 중요한 것은 기태연을 구해서 돌아가는 것이지 밀교를 어찌하는 것이 아니었다.

'그러고 보니 지금쯤이면 저쪽에서도 이쪽의 소란을 알아차렸겠지?'

이곳에서 멀지 않은 곳에 정도맹 무인들이 자리를 잡고 있으니 분명 소란을 눈치 챘을 것이다.

그리고 멍청한 놈이 수뇌가 아니라면 이것이 기회라는

것을 모를 리 없다.

휘의 머리가 복잡하게 돌아간다.

"어딜 보는 것이냐!"

쩌어어엉!

그때 휘의 눈치가 이상함을 알아차린 하현이 거칠게 검을 휘두르며 휘를 압박해오기 시작한다.

하지만 덕분에 휘는 확실히 알 수 있었다.

저들이 무엇을 노리고 있는 것인지 말이다.

'자존심을 버리고 나를 처리 하겠다는 건가? 나쁘지 않아. 하지만….'

쩌어억!

쩡!

둘의 검이 부딪치는 순간 휘는 빠르게 어깨에서 힘을 뺐다.

순간 흘러내리는 하현의 검.

팽팽하게 유지되던 힘의 균형이 한 순간 무너지며 힘이 한쪽으로 쏠린다.

그 갑작스런 상황에 하현이 대응하기도 전.

반발자국 안으로 어깨를 집어넣은 휘는 강하게 하현의 가슴을 후려친다.

투확!

"큭!"

신음과 함께 뒤로 물러서는 하현.

우우웅. 웅!

쿠오오오!

거리가 벌어지는 순간 혈룡검에 붉은 기운이 한 가득 몰려들고.

"흐읍!"

짧은 호흡과 함께 강하게 휘두르는 검!

쿠아아아!

혈룡의 울부짖음과 함께 선명하게 드러나는 붉은 용은 단숨에 하현을 집어 삼킬 듯 날아간다.

우우웅!

그것을 하현이라고 보고만 있지 않았다.

섬뜩하리라 만치 번뜩이는 검은 빛이 그의 검에 모이고.

"헛!"

즈컥!

그의 검이 세상을 가른다.

쿠아아악!

쩌어엉!

콰쾅! 콰르르르!

굉음과 함께 사방으로 퍼져나가는 힘의 파동에 기겁을 하며 뒤로 물러서는 밀교 무인들.

그 중엔 미처 피하지 못한 자들이 비명과 함께 쓰러진다.

쿠쿵, 쿠쿵.

쩌저적!

결국 버티지 못하고 무너져 내리는 지반.

"흡!"

"하앗!"

그 소란속에서 휘와 하현의 싸움은 쉬질 않는다.

목을 베기 위해, 심장을 찌르기 위해 서로의 검이 얽혀들고.

몸이 근접하는 틈을 놓치지 않기 위해 팔, 다리가 가만있지 않는다.

조금만 느슨해져도 단숨에 나가 떨어져버릴 정도로.

핏!

치이익!

옷이 찢어지고 피부가 얇게 베인다.

강한 적을 상대로 이 정도로 끝나는 것이 오히려 다행이라 생각하며 공격을 조이는 휘.

하현 역시 속도를 올리는 것은 마찬가지.

차차착!

쩡! 쩡!

이젠 포착하는 것이 어려울 정도로 공수의 전환이 빠른 그 속에서 점차 승기를 잡아가는 것은.

휘였다.

"흡."

짧은 호흡과 함께 재빨리 허리를 뒤로 빼는 것으로 코앞
에서 검을 피해낸 휘는 한 발 앞으로 내뻗는 것과 동시 상
체를 자연스럽게 걸은 걸음만큼 끌어당긴다.

단숨에 그의 품으로 파고드는 휘.

하현 역시 쉽게 내주지 않겠다는 듯 발을 놀리며 몸을 빼
려 했지만.

휘가 먼저였다.

콰직!

"크흑!"

휘의 주먹이 그의 옆구리를 정확히 파고든다.

생생하게 느껴지는 갈비뼈가 부러지는 느낌에 휘는 완전
히 그를 잡았다고 생각했지만.

움찔.

재빨리 뒤로 물러서야 했다.

쩌억!

어느 사이에 다가온 상현의 검이 자신의 몸을 노리고 날
아들었던 것이다.

동생의 위기에 결국 상현이 나선 것이다.

"수고했다. 이젠 내게 맡겨라."

"…쯧."

형의 말에 혀를 차며 물러서는 하현.

뭐라 말을 하고 싶지만 집중력이 끊어진 그 짧은 순간 얼어맞은 피해가 너무 컸다.

욱씬, 욱씬.

당장이라도 주저 앉아버리고 싶을 정도로 말이다.

'폐를 찌르는 것은 피했지만, 움직이는데 방해가 크겠어. 이 정도로 집중력이 끊어지다니… 확실히 늙었어. 빌어먹을!'

속으로 온갖 욕을 다하며 하현이 물러서는 동안 상현이 낮은 자세로 천천히 휘를 중심으로 빙글빙글 돈다.

맹수가 적을 공격하기 전의 모습처럼.

"후우, 후우."

호흡을 가다듬는 휘.

방금 전 공격을 이어가지 못한 것이 아쉽긴 하지만 상현을 이끌어 냈으니 나쁘진 않다.

체력이 더 떨어지기 전에 상대 할 수 있는 셈이니까.

다만 걱정되는 것이 있다면 밀교가 아닌 놈이었다.

어떤 생각으로 자신을 이곳으로 유인했는지 알 수 없지만 분명 충분한 대비를 해놓았을 것이 분명하다.

문제는.

그걸 생각하고 있을 여유가 없다는 거였다.

즈컥!

날카롭게 휘둘러진 검이 머리카락을 스쳐 지나간다.

이어 또 하나의 검이 고개 숙인 휘의 턱을 노리고 밑에서 솟아오르지만 빠르게 몸을 회전시키며 뒤로 벗어난 탓에 허무하게 허공을 가른다.

쉴 틈이 없을 정도로 몰아치는 상현의 검.

양손에 쥐어진 두 자루의 검은 이전과 비교 할 수 없을 정도로 날카롭고, 빠르게 휘의 품을 파고들었다.

쩌정! 쩡!

숨 돌릴 틈도 없이 몰아치는 탓에 연신 물러서는 휘.

전에도 그랬지만 적어도 검술에 있어선 휘는 상현의 상대가 될 수 없었다.

그렇기에.

휘는 과감히 혈룡검을 뒤로 던졌다.

휘리릭, 푹!

우우웅!

자신을 버렸다는 사실에 화가 난 것인지 혈룡검이 연신 울음을 토해내지만 휘는 조금도 개의치 않았다.

대신.

두 주먹을 굳게 쥐었다.

으드득!

강하게 쥐어진 주먹을 통해 생생하게 전달되는 힘.

하지만 상현은 그 틈을 놓치지 않고 달려들었다.

순식간에 수십 개의 인형으로 나뉘는 그의 신형.

파사사.

휘를 중심으로 원을 그리며 포위를 하고 선 상현의 신형. 어느 것이 진짜고, 가짜인지 구분이 되지 않는 그 찰나.

상현들이 일제히 달려든다.

강한 기의 압박에 어느 것이 진짜인지 구분이 되지 않는 상황이었지만 휘는 크게 개의치 않았다.

처음 분신이 나뉘는 순간부터 눈으로 쫓을 수 없다는 것을 알았기에 그의 공격에 대응하기 위한 준비를 마쳤던 것이다.

콰직!

휘의 주먹을 중심으로 회오리치는 붉은 기운들!

그 강한 압력을 이기지 못하고 발치의 땅이 균열을 일으킨다.

"혈룡파천권(血龍破天拳)."

쿠아아악!

혈룡의 울부짖음과 함께 휘의 몸을 타고 흐르는 두 마리의 혈룡이 사방을 집어 삼킨다.

콰콰쾅!

쩌저적!

휘와 상현의 싸움이 한창인 그때 정도맹도 밀교의 혼란을 놓치지 않고 달려들었다.

정확한 상황을 알 수는 없지만 밀교 진형이 흔들리는 것은 사실이었고, 이 기회를 놓칠 정도로 정도맹도 멍청하지 않았다.

정도맹의 움직임은 금방 밀교에도 알려졌다.

"놈에 대한 것은 잊고 놈들을 막아라!"

"상황이 좋지 않습니다."

밀검의 명령에 몇몇 장로들이 반대하고 나섰다.

이 자리에서 맞서기 보다는 물러서는 것을 주장하고 나선 것이다.

갑작스런 습격에 이은 정도맹의 공격.

분명 밀교 측에 좋지 않은 상황이었다.

"니르바나를 확보했다."

밀검의 말이 나오는 순간 술렁이는 회의장.

"광혈쌍마가 놈을 처리하기 전까지만 이곳에서 버티고 있으면 된다. 놈은 니르바나를 쫓아 이곳까지 왔다. 여기서 놈을 제거하지 못하면 언제고 다시 니르바나를 빼앗길 수도 있는 일. 내 말이 무슨 뜻인지 알겠지?"

"그렇다면 어쩔 수 없지요."

"최선을 다하겠습니다."

회의장의 분위기가 순식간에 바뀐다.

이곳에 온 이유가 니르바나를 확보하기 위함이다. 그런데 니르바나가 확보되었다면 굳이 중원 안으로 들어갈 필요가 없다.

또한 광혈쌍마가 나섰으니 니르바나를 쫓아온 적을 처치할 수 있을 테다.

결국 이곳에서 버텨야 하는 시간은 길지 않을 것이라 판단한 것이다.

서둘러 회의를 마치고 밖으로 향하는 장로들을 보며 밀검은 자리에서 일어섰다.

'어떻게든 놈을 없애야 한다. 훗날 본교의 앞길에 큰 방해를 할 놈이니. 광혈쌍마를 희생하는 한이 있더라도. 이 자리에서 없앤다.'

밀검의 머릿속엔 오직 휘를 죽이는 것만 가득했다.

사실 누가 봐도 이번이 기회였다.

"죽어라. 놈."

빠드득!

밀검의 눈에 살기가 가득 서린다.

쩌쩍!

휘와 상현의 싸움은 점점 거칠어져 간다.

강기를 다루는 싸움이 보통 그러하듯 부서진 강기가 사방에 비산하며 주변에 큰 영향을 끼친다.

퍼펑! 펑!

"피해라!"

"거리를 벌려!"

"아악!"

급급히 물러서는 밀교 무인들.

상당한 거리를 두고서 포위하고 있음에도 불구하고 멀리까지 날아가는 강기의 파편을 피하기 위해 빠르게 뒤로 물러선다.

그 와중에도 강기에 맞아 희생되는 자들이 있었다.

정도맹의 공격에 맞서기 위해 밀교의 많은 무인들이 빠져나갔지만 이곳에도 만약을 위해 많은 무인들이 남은 것이다.

모두가 물러서는 가운데 유일하게 물러서지 않는 한 사람이 있었으니 바로 하현이었다.

날아드는 강기의 파편을 유유히 피하거나 쳐내며 그는 자리를 지켰다.

'상황이 좋지 않아.'

으득.

이를 악다문 하현의 얼굴이 일그러진다.

'인정하기 싫지만 그 짧은 시간 동안 놈은 강해졌어. 그것도 형의 손을 벗어날 정도로.'

냉정하게 상황을 판단하는 하현.

실력 면에서 하현보다 월등히 뛰어난 것이 상현이고,

상황 판단력이 뛰어난 것은 하현이었다.

하현은 지금 상황이 자신들 뿐만 아니라 밀교에도 좋지 않다고 판단했다.

정도맹이 공격해 오는 상황에서 밀교 최고의 전력이라 할 수 있는 자신과 형이 놈에게 붙들려 있다.

놈들에게 어떤 고수가 있을지 모르는 상황.

'하필 이른 시기에 니르바나가 돌아왔으니.'

니르바나를 지키고, 다시 빼앗기지 않기 위해서라도 최고의 정예를 그녀의 곁에 배치했을 터.

이래저래 밀교의 정예가 움직일 수 없는 상황인 것이다.

결코 밀교 무인의 숫자가 적지 않지만 이곳은 중원.

정도맹 놈들에게 어떤 고수가 숨어 있을 것인지 결코 알 수 없는 상황이다.

'거기다 밀교주 역시 제 정신은 아닌 것 같으니. 쯧… 어쩔 수 없나?'

손에 쥐고 있는 정체를 알 수 없는 약을 보며.

하현은 이를 악물었다.

어차피 죽음을 각오한 뒤다.

그곳으로 돌아가지 못하는 것은 불행한 일이지만 이젠 어쩔 수 없다.

그렇게 판단한 하현은 즉시 주변 무인들에게 소리쳤다.

"이곳을 포위하고 있는 인원은 즉시 정도맹과의 싸움에 합류한다! 이곳은 우리가 맡는다!"

"…명!"

뒤늦게 대답하며 물러서는 밀교 무인들.

이젠 자신들이 감당하기 어려울 정도로 싸움이 심각해지고 있었다.

감당 할 수 없다면 이곳을 포위하고 있는 것보다 정도맹과의 싸움이 투입되는 것이 낫다고 판단한 그들이 빠른 속도로 포위를 풀고 물러선다.

그것을 확인하고 나서야 하현은 형에게 전음을 날렸다.

– 형. 아무래도 이젠 때가 된 것 같다.

텅!

치이익.

전음이 날아들기 무섭게 상현은 휘와 일격을 주고받은 뒤 빠르게 뒤로 물러섰다.

"쯧. 결국 이렇게 되는 건가?"

혀를 차며 허탈하게 웃는 상현을 보며 달려들려던 휘는 생각을 거두며 슬쩍 뒤로 물러선다.

어느 사이에 그의 곁에 서는 하현.

"괴물이지?"

"그래. 그 짧은 시간에 감당 할 수 없을 만큼 컸어. 이런 괴물이 있는 줄 알았다면 진작 나왔을 지도 모르는데 말이야."

상현의 말에 하현이 피식 웃었다.

그리고 휘를 보며 말했다.

"미안하지만 잠시 시간을 달라고. 저쪽 문제로 당장 니르바나를 어디로 옮길 것 같진 않으니까."

그 말에 휘는 고개를 끄덕였다.

우웅, 웅.

몸 안에서 요동치는 두 마리의 혈룡.

꽤 많은 힘을 썼음에도 불구하고 놈들은 지치지도 않고 날뛰고 있었다.

아니, 더 강한 힘을 쏟아내고 있었다.

이유는 하나.

피를 봤기 때문이었다.

휘가 익힌 혈마공은 피를 보면 볼수록 강해지는 무공.

저 둘을 상대하기 전까지 밀교 무인들의 목을 베며, 지치기는커녕 더 강한 힘을 얻은 것이다.

이는 휘도 생각지 못했던 부분이었다.

그렇지 않아도 날뛰는 놈들을 제어할 필요가 있다고 생각한 찰나였기에 휘는 하현의 의견을 받아들였다.

물론.

그것이 실수였음을 깨닫는 데는 오랜 시간을 필요로 하지 않았다.

자신의 허락이 떨어지기 무섭게 두 사람이 눈에 익숙한

붉은 단환을 집어 삼켰으니까.

'아… 빌어먹을!'

뒤늦게 속으로 욕을 해보지만 어쩌겠는가.

이미 때는 늦었는데.

우우우!

약을 먹기 무섭게 몸에서 끓어오르는 힘을 느끼며 형제의 시선이 마주친다.

"무섭네."

"대가 없는 힘은 없다더니, 딱 그 꼴이네."

"뭐, 그래도 나쁘진 않네. 확실히 할 수 있을 것 같으니."

피식 웃으며 말하는 동생을 보며 상현은 고개를 끄덕였다.

온 몸에 충만하게 흐르다 못해, 폭발 할 것 같은 힘은 그로서도 평생 처음 느껴보는 것이었다.

하지만 반대로 이 힘의 근원이 어디에서 나오는 것인지도 알 수 있었다.

"선천진기를 이런 식으로 이용하다니. 이걸 만든 놈들이 의도적으로 이걸 뿌리면 당할 놈들이 많겠어."

"단 한 번이라도 강한 힘을 바라는 놈들은 많고 많으니까. 확실히 위험하긴 하네."

"교주는 위험한 놈들과 손을 잡았어."

"이젠 우리랑 관련 없는 이야기지만."

쓰게 웃으며 말하는 하현을 보며 고개를 끄덕인 상현이 앞으로 나서자, 자연스럽게 하현이 그 곁을 따른다.

어차피 마지막인 싸움.

광혈쌍마라는 이름에 어울리는 싸움을 할 생각이었다.

"이제와 둘이 싸운다고 불합리 하다고 하지 않겠지?"

"…그 약이 더 문제로군."

"아, 이걸 알고 있었나? 그럼 이야기가 쉽겠군. 솔직히 우리도 무슨 약인지는 몰라. 그래도 이 넘치는 힘이면 자넬 잡을 수 있을 것 같거든. 그게 본교에 큰 도움이 될 것은 분명하고."

어깨를 으쓱이며 말하는 상현을 보며 휘는 가벼운 한숨과 함께 두 마리의 혈룡을 제어하는 것을 포기했다.

쿠오오!

속박에서 자유로워지자 괴성을 내지르며 좋아하는 두 녀석들.

우우웅!

단숨에 휘의 몸을 중심으로 붉은 기운이 뻗어 나오며 사방을 잠식하기 시작 하고.

그것을 시작으로 광혈쌍마의 몸에서 검은 기운이 쏟아지며 혈룡과 맞서 싸우기 시작한다.

파직! 파지직!

세 사람의 기운이 치열하게 다투며 싸움을 시작하고, 휘가 자세를 낮추는 것을 시작으로.

싸움이 시작된다.

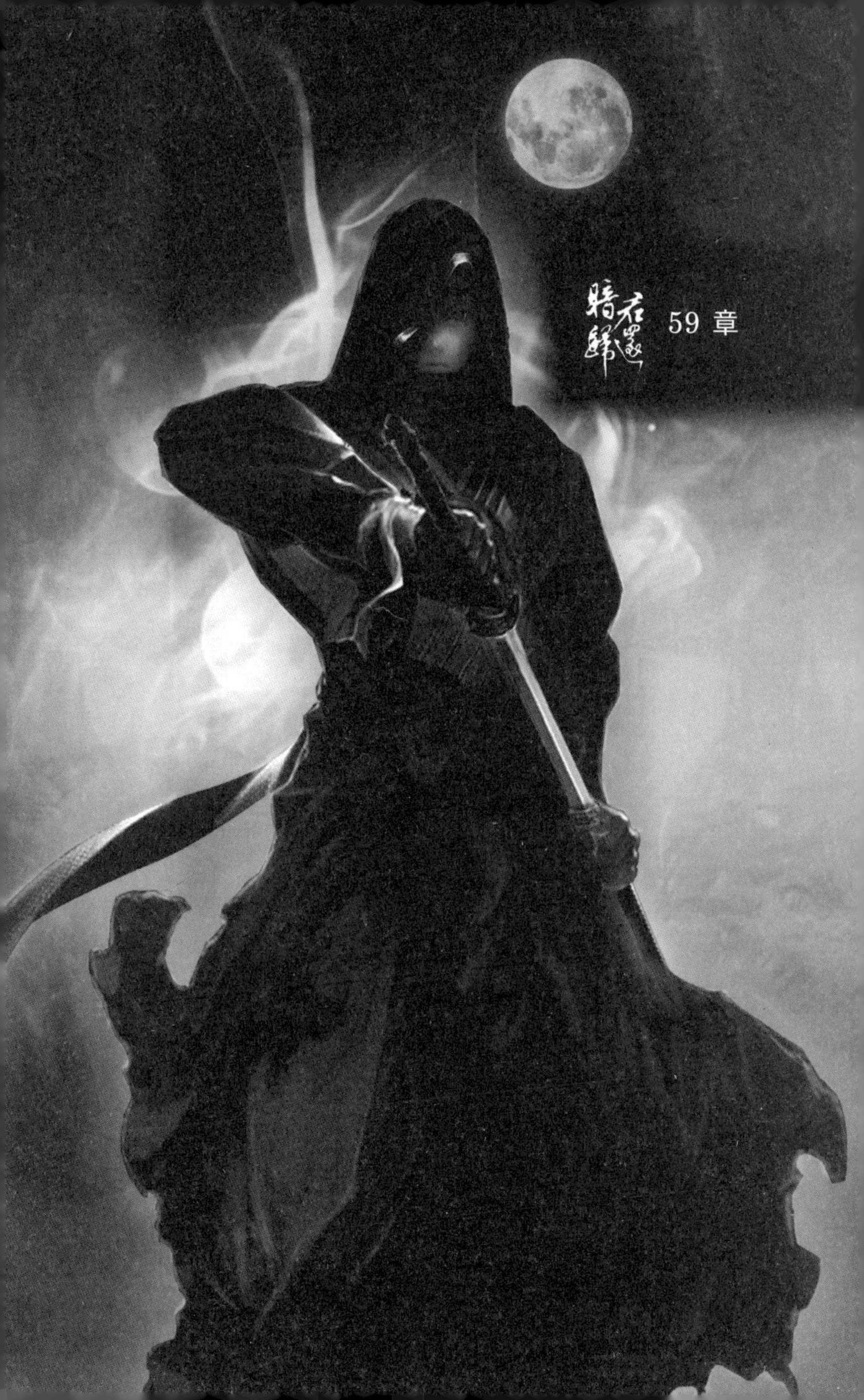
59 章

59 章

　대회의전을 가득 채운 고수들.

　일월신교에서 손에 꼽으라는 고수들이 한 자리에 모이자 그들이 뿜어내는 기세에 당장이라도 건물이 터져나가 버릴 것만 같다.

　꽤 많은 인원이 모였음에도 불구하고 누구하나 입을 열지 않는다.

　침묵만이 가득한 이곳.

　자신의 앞에 준비된 차를 마시는 소리만이 간간히 들릴 뿐 누구도 입을 열지 않는 이곳.

　얼마나 시간이 지났을 까.

두둥! 둥!

몸을 울리는 거대한 북소리와 함께 대전의 문이 크게 열리더니 한 사람이 느긋한 걸음으로 들어온다.

그의 등장과 함께 일제히 자리에서 일어났다 부복하는 무인들.

"영원한 태양! 일월의 주인! 교주님을 뵙습니다!"

쩌렁쩌렁!

대회의전이 떠나가라 외치는 그들의 목소리를 들으며 기분 좋은 미소로 고개를 끄덕이며 가장 높은 곳에 위치한 화려한 태사의에 몸을 걸치는 사내.

"모두들 오랜만이야. 다들 앉아, 앉아. 편하게."

밝고 가벼운 목소리로 그가 손짓하자.

부복하고 있던 수하들이 일제히 일어선다.

그들의 의지가 아니었다.

교주의 손짓에 담긴 내공이 자리에 있는 모두를 일으켜 세운 것이다.

아무렇지도 않게 보이는 그 한수에 식은땀을 흘리며 앉는 무인들.

그렇지 않아도 괴물 같았던 교주가.

폐관수련을 마치고 더 괴물이 되어 돌아왔다.

"이거 얼굴이 너무 변해버려서 못 알아보는 것은 아닌지 걱정했는데, 그건 또 아닌가봐."

빙긋 웃으며 말을 걸었음에도 누구하나 대답하지 않는다.

하지만 이곳에 있는 모두는 크게 경악하고 있었다.

분명 폐관에 들기 전까지만 하더라도 늙은 노인의 모습이었던 교주다.

그런데 지금은 어떠한가.

이십대의 팔팔했던 시절의 모습을 하고 있지 않은가.

이것이 뜻하는 바는 하나.

'반로환동!'

주르륵.

식은땀이 이마에서 흘러내려 턱 선을 따라 떨어진다.

전설에서나 내려오는 것이 반로환동이다.

내공으로 노화를 억지로 막는 이들도 있고, 일정 경지에 이르러 어느 정도 젊게 보이는 자들도 있지만.

지금 그가 보이는 모습은 그런 것들과 궤를 달리한다.

진정한 반로환동.

그야 말로 무의 극의를 보지 않고서야 얻을 수 없는 경지에. 그는 오르고야 만 것이다.

일월신교주인 그의 실력은 곧 신교의 힘이나 마찬가지지만 반대로 그를 따르는 수하들에게 큰 공포이기도 했다.

그는.

실패를 모르는 냉혈한이라는 것을 모르는 자가 없으니까.

"뭐야, 반응이 별로네? 생각보다 별론가? 뭐. 어쩔 수 없지. 그럼 본론으로 가볼까?"

피식하고 웃으며 그의 시선이 주변을 훑는다.

대회의장에 들어섰단 것은 서열 100위 안의 고수이거나 신교 안에서 중요한 위치에 선 인물이라는 것.

교주의 불음에 응답하지 않은 놈들이 없음이니.

"빈자리가 보이네."

빈자리가 있다는 것은 곧 그들이 죽었다는 뜻이었다.

교주가 없는 서열전은 있을 수 없는 일이니까.

당연히 그 자리는 비게 되어 있는 것이다.

움찔, 움찔.

교주의 말이 떨어지기 무섭게 움찔거리는 사람들.

과도한 공포가 사람들을 휘어잡았지만 교주는 그것이 당연하다는 듯 개의치 않고 말했다.

"생각보다 약한 놈들이었나? 아니면 내 눈이 잘못되었던 건가. 뭐… 이번 기회에 물갈이를 한 번 하는 것도 나쁘지 않겠지."

빈자리의 사람들에 대해 아무렇지 않게 말하는 그.

하지만 듣고 있는 자들의 입장에선 사형선고와 크게 다를 것이 없었다.

물갈이는 서열전을 개최하겠다는 뜻이고.

거기에 부합하지 않는 인물은 쳐내겠다는 뜻이니까.

물론 이 자리에 있는 인물들 중에 실력에 손색이 있는 인물은 없다.

허나, 교주가 복귀하고 바로 열리게 되는 서열전이 그냥 지나갈리 없다.

그런 그들의 생각처럼 교주는 여전히 웃는 얼굴로 말했다.

"예전보다 실력이 발전했기를 기대하지. 내 기대를 충족하지 못하는 놈들은 각오를 하는 게 좋을 거야. 알지?"

"존명!"

일제히 대답하는 수하들을 보며 비릿하게 웃은 그가 자리에서 일어선다.

그리고.

잊었다는 듯 말했다.

"아! 대계가 멈췄다는 이야기는 전달받았다. 여기에 대해선… 곧 다시 이야기 해보자고."

오싹!

마지막 순간 웃고 있던 그의 얼굴의 기질이 바뀌었다.

같은 미소지만.

누구나 오싹거릴 위험한 미소로 말이다.

서열과 지위를 가졌으면서도 대회의전에 들어가지 못한 두 사람이 있으니, 바로 교주의 제자들이었다.

그들은 사전에 대회의전에 참석하지 말 것과 시간을 맞추어 일월전으로 올 것을 명령 받았다.

아직 돌아오지 않은 것인지 주인이 없는 일월전.

많은 방들 중 한 방에 자리를 잡은 단목성원과 장양운은 오랜만에 한 자리에 모였음에도 서로를 쳐다보지도, 말을 하지도 않았다.

예전이라면 모를까.

이젠 한 자리를 두고 다투어야 할 적이기 때문이다.

평소라면 여유를 가지고 말을 걸 단목성원 조차도 입을 열지 않는다.

그도 긴장하고 있었다.

이유는 하나.

사부가 복귀했기 때문이었다.

긴장하고 있는 것은 장양운 역시도 마찬가지.

어색한 침묵 속에 마침내 그가 돌아왔다.

스르륵.

부드럽게 방문이 열리고, 웃는 얼굴로 교주가 들어선다.

"제자들아 오랜만이로구나! 하하하!"

웃으며 자신의 자리에 털썩 앉는 교주를 보며 두 사람은 재빨리 일어서서 사부를 향한 예의를 보인다.

"사부님을 뵙습니다!"

"앉아, 앉아."

가볍게 손짓하자 무형의 힘에 의해 자연스럽게 앉게 되는 둘.

저항할 틈도 없이 이루어진 일에 두 사람의 심장이 크게 뛴다.

"넌… 제법 컸구나."

처음으로 교주가 칭찬한 것은 단목성원이었다.

단목성원은 교주가 폐관수련에 든 이후 얼마 되지 않아 그도 폐관수련에 들었었다.

더 높은 경지에 오를 수 있는 실마리를 잡았기 때문이었다.

어쨌거나 사부의 칭찬에 기뻐하면서도 밖으로 표시를 내진 않았다.

그런 큰 제자를 보며 흐뭇하게 웃던 그가 둘째인 장양운을 보며 얼굴을 굳힌다.

"넌 과할 정도로 큰 힘을 얻었구나."

분명 칭찬해야 할 일인데 칭찬을 하지 않는다.

제자의 성장을 기뻐해야 하는데 말이다.

"힘을 얻는 것은 분명 좋은 일이지만 그것이 자신이 낼 수 있는 힘의 한계를 넘는 것이라면 경계해야 할 것이다. 명심해라."

"가, 감사합니다."

칭찬은 아니었지만 사부의 가르침에 재빨리 고개를 숙이는 장양운.

누구에게도 당당한 모습을 보였지만, 단 한 사람.

사부에겐 아니었다.

아무리 제자라 한들.

그의 눈 밖에 나게 된다면 단숨에 목이 떨어질 테니까.

그 사실을 장양운은 잊지 않았다.

"대계가 실패로 끝났다는 것은 이미 보고로 들었다."

"실패라기보다는 일단 멈춰두었….."

"그게, 실패라는 거다."

괜히 나섰다가 사부의 차가운 눈빛을 받고 물러서는 장양운.

나서지 말아야지 하면서도 나섰던 것은 좋든 싫든 일의 책임을 질 사람이 자신 밖에 없었기 때문이다.

폐관수련에 들었던 사형은 모르는 척 할 것이 분명하니까.

불안해하는 장양운의 눈을 보며 교주는 피식 웃었다.

"네 탓이 아니니 걱정하지 말아라. 굳이 잘못을 꼽자면 무능력한 놈들의 탓이니. 게다가 무림이 돌아가는 꼴이 꽤 재미있더구나. 당분간 지켜보는 것으로 하자."

웃으며 말하는 사부를 보며 두 제자는 동시 고개를 끄덕인다.

"당분간 둘 모두 실력을 증진시키는데 집중해라. 대업을 시작하기 전에… 내 후계를 정해두는 것도 나쁘지 않아 보이니."

"명!"

쾅!

"빌어먹을!"

강하게 내려친 책상과 일그러진 장양운의 얼굴.

대업을 시작하기 전에 후계를 정하겠다는 말은 곧 실력으로 자신을 보이라는 말.

문제는 장양운은 아직 준비가 되지 않았다는 것이다.

시간이 있다면 분명 사형을 뛰어넘을 수 있었다.

그 시간이 없다는 것이 가장 문제지만.

"어쩐다. 어쩌지? 어떻게든 방법을 찾아야해."

으득!

이대로 후계의 자리를 포기 할 순 없었다.

자신이 그 자리를 차지하기 위해 얼마나 많은 노력과 일을 벌려왔던가. 이대로 물러서기엔 자존심이 용납지 않았다.

"방법이 있을 거야. 반드시!"

광혈쌍마.

두 사람의 합격술은 무시무시하다.

당장 무림 전체를 뒤지더라도 이들보다 높은 수준의 합격술을 보유하고 있는 자가 없을 정도로.

하지만 합격술은 무공 수준이 높아지면 높아질수록.

그 위력이 반감 될 수밖에 없다.

당연한 이야기다.

기를 발출하는 단계를 넘어 강기를 다루게 되면 그 위력과 영향력은 말로 할 수 없는 수준.

쉬지 않고 움직이며 때론 아슬아슬한 수준까지 부딪쳐야 하는 합격술에서 강기 무공은 치명적인 단점과도 같다.

반대로 일정 수준에선 어지간한 상대도 잡아 낼 수 있는 것이 합격술이지만.

일전 광혈쌍마와 휘와의 싸움이 그러했었다.

그 한계를 알기에 광혈쌍마는 따로 떨어져 나와 싸웠던 것이고.

하지만.

쯔컥!

머리 위로 스쳐지나가는 검을 피해내기 무섭게 휘는 허리를 튕겨 뒤로 물러서며 몸을 회전시켰다.

순간 발목을 스쳐 지나가는 검.

서로 충돌하여 다칠 수도 있다는 것을 무시한 채 벌이는 광혈쌍마의 합격술.

그 위력은 무시무시했다.

스컥!

"큭!"

날카롭게 베이는 허벅지.

깊진 않지만 피가 흘러내릴 정도로 긴 상처가 휘의 허벅지에 새겨지고.

반격을 할 틈도 없이 고개를 숙이자, 다시 한 번 머리 위를 스쳐 지나가는 검.

반응하는 것이 조금만 느려져도 단숨에 목이 떨어졌을 터.

쉴 틈 없이 돌아가는 두 사람의 연계에 휘는 숨도 쉬지 못하고 빠르게 몸을 움직인다.

그 과정에서 몸 이곳저곳에 얕은 상처가 생기는 것은 막을 수 없었다.

거의 일방적으로 당하는 것 같지만.

광혈쌍마의 모습 역시 멀쩡하진 않았다.

쾅!

굉음과 함께 둘의 검이 부딪치며 큰 충격을 일으키지만 둘은 이를 악물고 버텨내며 휘를 향해 달려든다.

힘을 조절하지 못한 강기끼리 부딪친 것이다.

후두둑.

완전히 해소하지 못한 힘의 여파로 피부가 터지며 피가 사방에 비산하지만 둘은 개의치 않는다.

이미 그런 식으로 온 몸에 상처가 가득하고.

붉게 물든지 오래니까.

그야 말로 죽음을 각오한 공격.

쾅!

굉음과 함께 날아드는 두 사람의 공격은 휘의 눈을 어지럽히고, 손발을 느리게 만든다.

조금씩 좀 먹는 상처는 체력을 떨어트린다.

"후욱, 후욱!"

거칠게 숨을 내몰아 쉬면서도 휘의 두 눈은 빛난다.

당장 밀리는 것은 사실이지만 끝까지 밀리고 있을 생각은 조금도 없었다.

어떻게든 틈을 만들어, 반격한다.

터텅! 텅!

날아드는 네 자루의 검을 빠르게 피하고, 쳐낸다.

두 주먹이 얼얼할 정도지만 휘는 쉬지 않고 상체를 흔들고, 보법을 밟았다.

츠학!

간발의 차로 지나가는 둘의 검.

"하악! 학!"

하현의 거칠어진 숨과 붉어진 얼굴.

"크아아아!"

몸 안에서 끓어오르는 힘을 견디지 못한 것인지 그가 괴성을 내지르며 주저앉는다.

뚝, 뚝!

검붉은 피가 눈과 코, 입, 귀를 통해 쉴 새 없이 흐르고.

으득!

동생의 상태를 보며 상현은 이를 악물고 휘를 향해 달려들었다.

동생의 상태가 말하는 것은 하나.

자신들의 한계가 이미 코앞에 이르렀다는 것.

'끝을 고하기 전에… 목을 친다!'

투확!

목숨을 도외시한 상현의 두 자루의 검이 무서운 기운을 내뿜으며 휘를 향해 날아든다.

쩌엉!

"큭!"

신음과 함께 물러서는 휘.

그리곤 재빨리 버렸던 혈룡검을 손에 쥔다.

아무리 권강을 발현한다 하더라도 두 주먹으로 버티는 것에 한계에 이른 것이다.

우웅! 웅!

왜 더 일찍 찾지 않았냐며 혈룡검이 투덜거리지만.

그것도 잠시, 녀석을 통해 흐르는 내공의 순도가 확 올라간다.

오직 혈마공을 위해 태어난 존재.

그것이 혈룡검이었다.

그때였다.

투확!

어느 사이에 정신을 차린 것인지 하현이 땅을 박차며 휘를 향해 달려들었고, 상현 역시 놓치지 않겠다는 듯 달려든다.

다시 시작되는 둘의 합격술에 이를 갈면서도 휘는 재빨리 검을 휘두른다.

"이게… 과연 인간이 벌일 수 있는 싸움인가."

으득!

셋의 싸움을 지켜보던 밀검이 이를 악물었다.

만약을 위해 이곳을 찾았지만 그가 느끼는 감정은 패배감. 끝도 없이 가슴을 파고드는 생소한 감정 하나 뿐.

그럴수록 밀검은 다짐했다.

이곳에서 반드시 놈을 죽이기로.

"교주님, 자리를 피하셔야 합니다."

"정도맹의 움직임이 심상치 않습니다."

"더 이상은 전선을 유지하는 것이 어렵습니다!"

연이어 들려오는 수하들의 보고에도 밀검은 이를 악문채 대답하지 않았다.

사방에서 들려오는 병장기 소리와 비명소리를 들으면서도.

그에 초조해 하는 것은 그의 수하들이었다.

"교주님!"

"교주님!"

"그만, 그만!"

버럭 외치는 밀검!

그 외침에 옆에서 앵무새처럼 떠들어 대던 수하들의 입이 다물어지고.

"자리를 지켜라! 놈을 처리 할 때까지 시간을 벌어야 한다. 지금이 아니라면 언제 또 놈을 죽일 수 있단 말이냐!"

"…명!"

잠시간의 침묵 끝에 밀검의 수하들이 바삐 움직인다.

그들도 알고 있는 것이다.

지금이 아니면 저 괴물 같은 사내를 막을 방법이 없다는 것을.

으드득!

이를 악문 밀검의 눈이 휘와 광혈쌍마를 쫓는다.

쩡!

상현이 휘두르는 검을 막아낸 휘는 재빨리 허리에 힘을 주어 두 다리를 허공에 띄워 올린다.

스컥!

순간 스쳐 지나가는 하현의 검.

허공에 떠오른 그 찰나 어느새 중심을 잡은 상현의 발이 휘의 복부를 파고 든다.

퍼억!

"큭!"

강한 충격과 함께 밀려나는 힘을 그대로 이용해 거리를 벌리려는 휘.

하지만 어느새 따라온 하현의 검이 거침없이 양팔을 노린다.

묘기와 같은 동작으로 몸을 비틀어 공격을 피해낸 휘가 물러서려는 순간.

"컥!"

하현이 피를 토하며 동작을 멈췄고.

그 순간을 놓치지 않고 휘는 재빨리 그의 품으로 파고들며 무릎으로 하현의 가슴을 때린다!

텅!

"아아악!"

비명과 함께 뒤로 날아가는 하현.

놓치지 않고 잡으려는 그 순간.

오싹!

쩌저적!

온 몸의 경고에 한 걸음 뒤로 물러섰고, 그 순간 휘의 앞을 스쳐 지나가는 상현의 검!

단숨에 땅을 가른 상현은 휘와의 거리를 벌리며 재빨리 하현을 부축하며 뒤로 물러섰다.

힘들게 부축하는 동생의 상태는.

"좋지 않아."

"큭큭, 모르는 것도 아니잖아."

형의 말에 하현이 비틀거리면서도 자신의 두 발로 서며 히쭉 웃는다.

이젠 검은 피가 멈추지 않고 그의 온 몸에서 흘러내리고 있었다.

"이딴 식으로 죽는 건 별로 마음에 들지 않지만 어쩔 수 없지. 하던 대로 하자고. 하던 대로…."

그 말과 함께 하현이 휘를 향해 달려들었다.

뒤에서 그 모습을 지켜보던 상현은 이를 악물었다. 이것이 동생과의 마지막 싸움이 될 것이란 것은 진즉에 알았다.

아니, 자신 역시 마지막이 될 것이다.

그러니 동생은 이야기하고 있는 것이다.

반드시 놈을 죽이자고 말이다.

어차피 마지막이라면 거칠 것도 없다.

둘은 서로가 죽을 수도 있을 만큼 날카롭고 가깝게 부딪치면서도 휘를 압박하는 것을 멈추지 않았다.

푸확!

팔이 터지고, 다리가 터져나가면서도 멈추지 않는 둘.

맹목적이다 싶을 정도로 거친 살기 속에서도 휘는 흔들리지 않았다.

'이런 살기 따위!'

휘를 괴롭히는 것은 살기가 아니었다.

의도하는 것인지는 모르겠지만 정작 문제가 되고 있는 것은 호흡!

제 아무리 뛰어난 무인이라 하더라도 호흡은 무인에 앞서 인간으로서 살아가기 위한 가장 기본 행위.

그 호흡이 편치 않으면 목숨이 위험한 것은 물론이거니와 무인에겐 제대로 힘을 발휘 할 수 없게 되는 최악의 상황에 처하게 된다.

지금의 휘처럼.

쩡!

굉음과 함께 속절없이 밀려 나는 휘.

그 틈을 놓치지 않고 날아든 상현의 검이 옆구리를 베고 지나간다.

이전처럼 깊은 상처는 아니지만 피가 흘러내린다.

혈마공은 피가 난무하는 싸움에서 막대한 회복력과 힘을 주는 괴물 같은 무공이다.

그럼에도 제대로 된 힘을 쓰지 못하는 이유는 단 하나.

머리가 어지러울 정도로 제대로 숨을 쉬지 못하기 때문이었다.

'빌어먹을!'

어떻게든 떨어트리기 위해 검을 크게 휘둘러보지만 광혈쌍마 역시 기회를 놓치지 않겠다는 듯 달려든다.

그렇게 눈 깜짝할 사이에 일다경이 흘렀을 무렵.

"컥!"

기침과 함께 하현이 입으로 피를 쏟아낸다.

비응단의 효력이 다해가는 것이다.

"크아아아!"

온 몸의 기력이 떨어져 감을 느끼면서도 하현은 휘를 향해 달려들었다.

한 번 검을 휘두를 때마다 테가 날 정도로 사라지는 힘.

틈을 놓치지 않고.

휘는 하현을 향해 검을 휘둘렀다.

하지만.

콰직!

"크흐… 기회를… 놓… 칠 순 없지."

피하거나 막을 것이라 생각했는데, 하현은 어느쪽도

선택하지 않았다.

묵묵히.

날아든 혈룡검을 몸으로 받아내며 검을 쥔 휘의 팔을 붙들었다.

움직일 수 없도록.

"형!"

피를 토하며 외치는 하현.

"맡겨둬라!"

그 뒤를.

이미 혈인이 되어 버린 상현이 달려들었다.

"큭!"

이를 악물고 재빨리 손을 빼려 하는 휘.

꽈악!

하현은 자신이 할 수 있는 마지막이라는 듯 손을 놓치 않았다. 온 몸의 힘을 짜내서 휘를 붙들었다.

쐐애애액!

허공을 가르고 날아드는 날카로운 검이.

휘의 목을 노리고 날아들고.

피할 수 없다는 판단과 함께 휘는 텅 빈 왼손에 있는 힘 껏 내공을 실었다.

우우우!

짧은 시간 폭발적으로 모여드는 내공!

'피할 수 없다면 내 몸을 믿고 받아친다!'

"혈룡파천권(血龍破天拳)!"

왼손으로 펼쳐지는 강력한 한 수.

'내가 더 빠르…!'

그것을 눈으로 보면서도 상현은 자신이 더 빠르다고 확신했기에 거침없이 검을 휘둘렀다.

퍽!

온 몸을 뒤흔드는 천둥과도 같은 소리가 들리기 전까지만 해도 말이다.

소리와 함께 온 몸의 힘이 빠져나간다.

이해하기 어려울 정도로 단숨에.

휘둘러지던 검은 찰나의 순간 느려지고, 힘을 잃는다.

'심… 장인가.'

견디지 못한 피부.

그 다음으로 견디지 못한 것은 심장이었다.

으득!

멀어져가는 의식을 조금이라도 붙들기 위해 혀를 깨물었다. 비릿한 피 맛과 함께 아주 조금.

아주 조금이지만 정신이 맑아졌고.

'목은… 틀렸어. 그렇다면….'

이제와 목을 노려도 자신의 검보다 놈의 주먹이 먼저 자신을 때릴 것이 분명하다.

그렇다면 차선을 노려야 한다.

휘릭.

힘을 잃었던 그의 검이 더 밑으로 향하며 빨라지는 그 순간.

휘의 주먹이 그의 머리를 후려친다.

쾅!

콰직!

기묘하게 울리는 두 가지 소리.

"크윽!"

단숨에 머리가 날아 가버린 상현과 달리 휘의 허벅지를 관통하는 상현의 검.

"빌어먹을."

콰직!

하현의 외마디와 함께 형과 같이 땅에 눕는 하현.

단숨에 두 사람을 처리한 휘의 신형이 바닥에 주저앉는다.

"헉! 헉! 헉!"

거칠게 내쉬는 숨.

제대로 쉬지 못한 호흡을 단숨에 몰아쉬려는 듯 한참을 가슴을 오르락내리락 하면서도 휘는 두 손을 들어.

상현의 검을 뽑았다.

푸확.

솟아오르는 피.

아찔할 정도의 고통을 이를 악무는 것으로 대신한 휘는 묵묵히 아직 남아 있는 상의를 찢어 허벅지를 묶었다.

단단히 묶었음에도 피가 조금씩 베여 나오지만 점혈을 하는 것보단 이 편이 움직이기에 좋다는 사실을 휘는 경험으로 잘 알고 있었다.

그때였다.

"죽어라!"

파앗!

언제 달려온 것인지 밀검이 검을 휘두르며 달려들었다.

기회를 놓치지 않겠다는 듯 온 힘을 실어 검을 휘둘러오는 놈을 보며.

휘는 차갑게 말했다.

"보고만 있을 셈인가?"

"밥값은 해야지."

허공을 향해 내뱉은 말에.

누군가가 대답을 하고.

촤아악!

"어?"

푸확!

밀검의 신형이 단숨에.

단숨에 피륙이 되어 허공에서 흩어진다.

외마디 유언과 함께.

밀교주라는 자리에 걸맞지 않는 허무한 죽음과 함께 모습을 드러낸 것은.

괴검 무결이었다.

암영들과 같은 복장을 한 그가 모습을 드러낸 것이다.

"네가 워낙 즐기는 것 같아서 모습을 드러낼 수가 있어야지. 뭐, 늦기도 했지만."

"암영은?"

"저쪽. 왔네."

말을 하기 무섭게.

츠츠츠.

암영들이 모습을 드러내며 휘와 괴검을 중심으로 벽을 쌓는다.

동시 백차강이 기태연을 안고 모습을 드러낸다.

"확보했습니다."

짧지만 믿음 가는 그의 말에 휘는 피로로 가득한 얼굴로 고개를 끄덕였다.

"뒤는 정도맹에게 맡기고 우리는 복귀한다."

"존명!"

기나긴 싸움과 추적에 비해.

얼토당토않을 정도로 허무하게 끝나버린 싸움이지만 아무래도 상관없었다.

지금은.

지금은 그저 푹 쉬고 싶을 뿐.

君邀
骄归 60 章

暗君歸還

60 章

"정도맹의 잔당 추적이 아직 이어지고 있지만 밀교가 중원에서 완전히 물러난 것 같아요."

"대가리를 두 번이나 잃고서 버티고 있는 것이 이상한 거지."

모용혜의 발언에 차돌이 피식 웃으며 밀교 놈들을 비웃었다. 그러면서도 자신들이라고 해서 그런 꼴을 당하지 말라는 법이 없기에 긴장했다.

아니, 어찌 보면 밀교보다 더 상황이 나쁠 수도 있었다.

이제 겨우 천마신공을 되찾았는데 자신이 죽게 되면 천마신교는 두 번 다시 일어설 수 없을 테니까.

'폐관에 들어야 하려나?'

얼굴을 찡그리며 앞으로의 일을 고민하고 있을 때 모용혜는 계속해서 입을 열었다.

"밀교의 일이 정리되면서 중원의 시선이 사황련으로 향하고 있어요. 아무래도 사파가 하나로 뭉치는 것도 오랜만의 일이지만 사황이라 불리는 자를 중심으로 뭉친 그들의 저력이 결코 약하지 않으니까요."

"사파에서 힘 좀 쓴다는 문파는 다 사황련에 가입했다고 보시면 될 거예요. 저희 쪽 물건 중 작지 않은 부분이 사황련 쪽으로 흘러 들어가고 있어요."

모용혜의 뒤를 이어 파세경이 말했다.

천탑상회가 다루는 물건은 기본적으로 아주 고가의 물품들이다.

그런 물품들이 사황련으로 흘러 들어가고 있다는 것은 그들이 사치를 부린다는 뜻이 아니다.

세상에 자신들을 드러낼 준비를 하고 있다는 것이다.

정도맹과 어깨를 나란히 할 곳이니 만큼 대규모 행사가 있을 것이고 그곳에서 무림인들에게 보일 물건들이 필요한 것이다.

이유야 어떻든.

화려한 모습이 꼭 나쁜 것만은 아니니까.

"사황련은 그 모습을 감추지 않고 드러내 놓고 움직이고 있어요. 사황련에 가입한 문파는 사황련의 깃발을 크게 내걸고 있는 상황이고요."

"객관적으로 봤을 때 사황련이 아무리 사파를 규합한다 하더라도 그 힘이 뒤쳐지는 것은 사실이니까."

그때 조용히 입을 다물고 있던 휘가 말문을 열었다.

"숫자에선 사파의 특성상 그들이 우위에 있겠지만 고수를 따지자면 사파는 정파의 상대가 될 수 없지. 그걸 모르는 놈들도 아니고. 그럼에도 저렇게 대대적으로 움직인다는 것은 지금이 아니면 사파를 하나로 모을 수 없다는 절박함 때문이겠지."

"저도 그렇게 생각해요. 좋든 싫든 그들은 사파라는 이유만으로 박대를 당해왔으니 이번 기회에 하나의 목소리를 내려고 하는 것이겠죠. 게다가 휘님의 말씀대로라면 사황이라 불리는 자는 그 실력에 있어서도 쉽게 볼 수 없을 테고요."

"놈의 정체는 알 수 없지만… 확실한 건 쉽게 볼 수 없는 실력자라는 것과 아직 어리다는 것이지."

"제일 무서운 무기를 손에 쥐었다는 건가?"

차돌의 중얼거림에 모두들 고개를 끄덕인다.

지금만 하더라도 굉장한 실력을 지녔다.

그런데 어리다는 것은 앞으로 얼마나 더 높은 경지에 오르게 될 것인지 누구도 예측 할 수 없다는 말과 같았다.

즉, 당장은 몰라도 조금의 시간이 흐르면 사황련의 지위는 지금과 비교 할 수 없을 정도로 높이 오른다는 것이다.

"정도맹의 반응은?"

"둔해요. 아직 사황에 대한 정보도 빈약한 것 같고, 내부의 싸움이 완전히 봉합 된 것도 아니라 움직임이 느릴 수밖에 없어요."

"밀교와의 싸움이 좋은 역할을 할 줄 알았는데 아닌 모양이군."

"좀… 싱겁게 끝난 감이 있으니까요."

모용혜의 말에 휘는 고개를 흔들었다.

밀교와의 싸움은 정도맹을 하나로 만들 좋은 기회였지만. 휘가 광혈쌍마를 죽이고, 괴검이 밀교주의 목을 베는 순간 밀교는 그 힘을 잃었다.

즉, 정도맹이 적절히 피를 흘리며 하나로 뭉칠 수 있는 구실이 되어 주지 못한 것이다.

얼굴을 보진 못했지만 정도맹의 군사인 신묘 역시 내심 이 사실을 아쉬워하고 있을 것이다.

"그래도 사황련이란 중원 내부의 적이 생겼으니 지금보단 나은 움직임을 보일 것 같네요."

"그래야지. 그보다 사황련의 상황은?"

"확실하진 않지만 사천에 본거지를 마련 중인 것 같아요. 사파의 주요 고수들이 사천으로 움직이고 있고, 물자 역시 그곳으로 모여들고 있으니까요."

"폭탄과도 같겠군."

"아무래도요."

사천은 대대로 중원 무림의 용담호혈과 같은 곳이었다.

그 어떠한 곳보다 치열하고 많은 싸움이 벌어지는 곳인데, 어쩔 수 없는 것이 사천성 이 한 곳에 중원에서 내놓으라 하는 대형문파 몇 개가 모여 있는 것이다.

당장 정파만 하더라도 그렇다.

청성, 아미, 당가.

무림 전역에 영향력을 발휘하는 그들이 무려 셋.

여기에 사파의 기둥이라 불리는 오호문과 흑검문이 사파에 자리를 잡고 있었고, 마도방파 역시 적지 않은 수가 존재하고 있었다.

우스갯소리로 사천에서 무기를 잘 못 휘두르면 문파 하나가 사라진다는 소리가 있을 정도로 사천은 하루하루가 살얼음판과 같았다.

그런 곳에 사황련의 본거지를 두겠다는 것은 그것만으로도 사황련의 힘을 보여주는 것과 같았다.

쿵쾅, 쿵쾅!

요란스런 소리와 함께 수많은 인부들이 각자가 맡은 곳에서 최선을 다해 일을 한다.

본래 오호문이 있었던 자리지만 이젠 그 흔적을 찾아 볼 수 없을 정도로 바뀌어 있었다.

기존의 오호문도 작은 규모는 아니었지만 산 하나를 통으로 쓸 정도는 아니었는데, 지금은 산 전체에서 공사가 벌어지고 있었다.

"이거, 알고는 있었지만 이렇게 변해가는 것이 아쉽습니다."

오호문주 은호검 기천랑의 쓸쓸한 말에 곁에 서 있던 삼뇌 사마공이 그의 어깨를 두드린다.

"자신의 문파가 있던 터를 내놓은 자네의 희생은 련주님께서도 잘 알고 계시네. 그리고 사파 전체가 알고 있지. 쉽지 않은 선택이었을 텐데, 늦게라도 감사의 인사를 전하고 싶네."

"아이고, 군사님께서 그러실 필요가 없습니다. 제 평생소원이 무엇인지 아시지 않습니까? 그리고 그 소원을 이룰 수 있는 방법이 생겼는데, 이깟 땅이 문제겠습니까?"

"그래. 그렇지. 자네와 같은 꿈을 꾸던 사파인이 한 둘이겠는가. 모두가 꿈꾸어 왔던 일인 것이야."

삼뇌의 말에 은호검은 고개를 끄덕이는 것으로 대신 답한다.

중원을 아우르는 절대고수.

그 절대고수가 사파에서 나오고 저 잘난 정파 놈들을

호령하는 모습을 살아생전 보길 바랬다.

그리고 그 꿈이 이젠 현실이 되려 하고 있었다.

사황이란 존재로 인해서 말이다.

"저는 아직도 꿈만 같습니다. 그리고 그분을 처음 만났을 때의 충격이 아직도 가시질 않습니다."

"허허허! 그게 어디 자네뿐이겠나? 나 역시 마찬가지네. 아니, 사황련 무인들 모두가 그럴 것이네."

"오호문의 땅을 양보한 것을 저는 후회하지 않을 겁니다. 그러기 위해서 사황련에 뼈를 묻을 겁니다."

굳은 얼굴로 말하는 은호검을 보며 삼뇌는 빙긋 웃었다.

사파인 답지 않게 공명정대한 사내라 무림에서도 은호검이란 사파 답지 않은 별호를 얻은 자다.

사파답지 않다고 하지만 그는 자신이 사파라는 사실을 잊어 본 적이 없었고, 이런 날이 되자 기꺼이 자신의 문파를 사황련에 받쳤다.

그것을 시작으로 수많은 문파들이 사황련에 모든 것을 걸기 시작했다.

만약 오호문이 아니었다면 제 아무리 사황이 있고, 자신들이 뒤를 받친다 하더라도 지금처럼 빠른 시간 안에 사황련을 세우지 못했을 터다.

'자네가 희생한 만큼 사황련은 커질 것이고, 커진 사황련에서 가장 먼저 보답을 할 것은 자네가 될 것이네. 내가

꼭 그렇게 만들어 주겠네.'

밖으로 말하진 않았지만 삼뇌는 다짐했다.

언젠가 무림에 사황련의 깃발이 우뚝 서게 되는 날.

오호문은 이전보다 더 큰 성세를 누리게 만들 것이라고 말이다.

"너무 화려한 것은 아닌가 모르겠네."

그때 어느 사이에 두 사람의 틈을 파고드는 한 사내가 있었다.

"련주님을 뵙습니다."

"련주님을 뵙습니다!"

주변 모든 무인들이 일제히 사내를 향해 고개를 숙인다.

사황 하우성 그였다.

손을 들어 인사를 받아준 그는 한참 공사가 한창인 사황련의 성을 보며 말했다.

"저 정도면 사황련이 아니라 사황성이라 불러야 하는 것 아닌가?"

"언젠가는 그리 되겠지만 지금은 성(城)보다는 련(聯)을 앞세워 사파무림을 하나로 만드는 것이 시급합니다. 성과 련은 큰 차이가 있으니까요."

삼뇌의 말에 사황은 손을 휘젓는다.

"그걸 몰라서 묻는게 아니잖아. 내 말은…."

"너무 화려하다는 것이지요?"

"그래."

자신의 말을 끊으며 은호검이 나서자 하우성이 고개를 끄덕인다.

하우성의 생각으론 사황련의 본거지라 이렇게 크고, 화려할 필요가 없다고 생각했다.

어차피 하나의 세력이 아닌 연합이지 않는가.

본거지는 적당히 상징적이기만 하면 된다 생각했는데, 이건 커도 너무 컸다.

게다가 화려하기도 했고.

"사파의 부활을 알리기 위해서라도 이 정도는 해줘야 합니다. 오랜 세월 사파라고 제대로 된 대접을 받지 못한 세월이 있었던 만큼 많은 무림인들에게 보여줄 필요가 있습니다. 세상엔 보는 것만 믿는 이들이 많습니다. 안타깝지만 어쩌겠습니까. 그런 자들에게도 잘 보여야 할 만큼 본 련의 위치가 낮다는 것입니다."

"어렵네, 어려워."

"이제 시작일 뿐입니다. 그래도 련주님께 최대한 부담을 드리지 않기 위해서 저를 비롯한 장로들 모두가 열심히 뛰어다니고 있습니다. 련주님께선 하고 싶은 일을 하시면서 그 실력을 원 없이 발휘하시면 됩니다."

"그게 더 부담이란 말이야. 실력 없으면 내친다는 말처럼 들려서."

"허허, 이 노인네의 말이 그리 들리신다면 어쩔 수 없습니다만 그만큼 련주님께 거는 기대가 크기 때문이기도 합니다."

웃으며 말하는 삼뇌를 보며 하우성은 입을 다셨다.

'사부가 원하던 것이 이런 것이었을까?'

사황이란 거창한 별호를 달고 사파 전체를 하나로 아우르는 것은 결코 하우성의 뜻이 아니었다.

지금의 자리를 만들고 존재 할 수 있도록 만든 것은 바로 그의 사부였다.

이미 세상을 떠난 사부는 언제나 사파 무림이 중원의 정점에 이르길 바라고 꿈꿨었다.

사부에게 과할 정도로 사랑을 받았고, 과한 무공을 배웠다.

그렇기에 하우성은 사부의 뜻에 따라 사파 무림을 누구도 무시 할 수 없는 위치에 올려놓기 위해 움직였다.

그 결과가.

눈앞에 서서히 모습을 드러내고 있는 거대한 성이었다.

'그래. 이제 시작일 뿐이야. 모든 것을 만들어 놓은 뒤에. 그 뒤에 내가 하고 싶은 것을 찾아도 괜찮아.'

속마음을 억누르며 하우성이 삼뇌를 향해 몸을 돌린다.

"전에도 말했지만 우리가 가장 신경 써야 할 곳은 정도맹이 아니라 암문이야. 특히 암문주에 대한 모든 정보는 특급으로 처리하고 즉시 보고해줘."

"이미 조치를 취해 놨습니다. 이번 밀교 사태로 어째서 련주님께서 그에게 신경을 쓰는 것인지 확실히 알 수 있었습니다. 부족함이 없을 정도로 철저한 방비를 했으니 그와 관련된 모든 정보가 올라올 것입니다."

"그래도 직접 챙겨. 그에겐 그만한 가치가 있으니까."

"명심하겠습니다."

고개를 숙이는 삼뇌를 뒤로하고 천천히 공사장을 빠져나가려던 그가 돌연 뒤 돌아보며 물었다.

"개파식이 언제라고?"

"예정은 다음 달 보름으로 잡고 있습니다. 초대장은 며칠 후부터 배포할 예정입니다."

"특별히 화려한 것을 하나 암문에 보내. 반드시 그가 오도록 말이야. 기왕이면 다른 사람보다 하루나 이틀 정도 일찍 초대하는 것도 나쁘지 않고."

"그리 하겠습니다."

삼뇌의 대답에 손을 흔들며 유유자적한 걸음으로 사라지는 사황.

그 모습을 지켜보던 은호검이 입을 열었다.

"련주님께서 그자에게 너무 신경을 쓰는 것은 아닐까요? 근래 빠른 속도로 이름을 높이고 있다곤 하지만 그렇게까지 신경을 써야 할 것 같진 않은데 말입니다."

"자네가 그리 생각하는 것도 이해하네. 나도 그를 직접 보기 전까지는 그리 생각했었으니."

"허면 삼뇌님께선 달리 생각하신단 말씀이십니까?"

"련주님과 같은 생각인지는 알 수 없으나… 확실한 것은 그는 위험하다는 것이네. 정도맹과 비교도 되지 않을 정도로 말이야. 련주님께서 그에게 흥미를 가지시는 것이 복이 될 지 화가 될 런지 알 수 없지만… 지금으로선 련주님께서 하시는 일을 지켜보는 수밖에."

"높이 쳐주고 계시는 군요."

"드러난 것만으로도 충분하지 않나. 이제 그는 무림에서도 손에 꼽는 고수의 반열에 올랐네. 검제 그 늙은이가 틀리지 않았다는 거지."

쓰게 웃는 삼뇌를 보며 은호검은 아무런 말을 할 수 없었다.

검제가 딱히 사파인들을 핍박하거나 욕한 적은 없다.

그렇지만 검제란 이름이 주는 압박감은 대단했다.

사파 무인들은 결코 가질 수 없었던 두 개의 칭호.

황(皇)과 제(帝).

아니, 정확하게는 오랜 시간 그 대가 끊어졌다는 것이 맞다.

그만큼 사파에선 인물이 나오지 않았으니까.

"이젠 우리도 바로 설 겁니다. 사황께서 계시니까요."

"그래, 그래야지. 우리끼리의 다툼을 끝내고 이젠 사파 전체의 미래를 그려야 할 때지."

"사황련이라…."

손에 들린 화려하기 짝이 없는 초대장을 보며 웃는 휘.

게다가 아예 대놓고 이틀 정도 일찍 오길 바라며 써놓았다.

"사황인가."

보지 않아도 사황이 자신을 초대하고 있다는 것을 알 수 있었다.

이미 사황련이 만드는 성은 중원 전역에 소문이 퍼질대로 퍼진 뒤다.

사황련에서도 숨기지 않고 오히려 소문을 적극적으로 퍼트렸기 때문이었다.

특히 오호문과 관련한 이야기는 큰 소란을 일으키기도 했는데, 그만큼 오호문이란 거대한 문파가 자신들의 땅을 포기했다는 것이 사람들의 눈을 끈 것이다.

덕분에 사황련은 전 무림의 시선을 받고 있었다.

이것만으로도 충분히 사황련의 홍보가 될 정도로.

"어찌시겠습니까?"

조용히 초대장을 보고 있던 휘에게 말을 건 것은 백차강이었다.

"가야지. 초대에 응하기로 전에 약속했거든."

"그럼 그리 알고 준비하겠습니다. 그리고 차돌님께서 신교로 복귀하셨습니다. 당분간 폐관에 드신다는 전언이 있었습니다."

"바람처럼 나타났다가 사라지기는."

피식 웃으며 자리에서 일어서는 휘.

지끈.

검에 꿰뚫렸던 허벅지의 상처가 아직 고통을 주지만 그것도 잠시다.

일반인과 비교 할 수 없는 회복력으로 벌써 평소와 다를 것이 없을 정도로 치료되어가고 있었다.

"아직 좀 뻐근한가? 그래도 며칠 정도면 괜찮겠어."

"그날은 위험하셨습니다."

"위험했지. 강기를 다루는 고수가 그 망할 약을 먹으면 어떻게 되는지 확실히 알 수 있었으니까."

쓰게 웃으며 말하는 휘를 보며 백차강은 무겁게 고개를 끄덕인다.

아무렇지 않게 이야기하고 있지만 그날은 정말 위험했다.

본격적인 복수를 시작하기도 전에 목이 날아갈 뻔 했으니까.

'미래가 달라졌다는 것을 너무 쉽게 생각했어.'

솔직히 그동안 좀 쉽게 생각한 것도 있었다.

하지만 이젠 아니었다.

달라진 미래 때문에 자신이 죽을 뻔했고, 생각지도 못했던 고수들이 튀어나오기 시작했다.

앞으로도 그런 일이 벌어지지 말라는 법은 없다.

전생과 비교 할 수 없을 정도로 강해졌다고 생각했는데, 상대들 역시 점차 강해지고 있었다.

마치 자신의 성장에 맞추듯이 말이다.

'이 상태라면 일월신교의 전력 역시 이전과 비교 할 수 없을 정도로 높아졌다고 생각하는 것이 맞겠지. 그래, 지금까지 편한 길을 걸어왔으니 이제 진창을 걸을 때도 되었지.'

"암영들의 상태는?"

"각자 맡은 일을 처리하고, 일이 없을 때는 수련을 하고 있습니다. 또한 혈마제령공의 영향력에서 며칠 전 마지막 암영이 벗어남으로서 완벽하게 자유로워졌습니다."

"그건 다행이네. 그래도 몸까지 돌아가는 것은 아니지만, 거기에 대해선 나도 생각하고 있는 것이 있으니까."

"믿고 있습니다."

고개를 숙여 인사한 백차돌이 방을 나가자 휘는 창틀에 엉덩이를 걸쳤다.

밖으로 보이는 암문의 전각들과 해가 지며 산에 걸린 노을까지.

전생에선 느끼지 못했던 여러 감정들이 물밀듯 밀려온
다.

살아있다는 강렬함까지도.

두근, 두근.

천천히. 하지만 확실히 뛰는 심장.

"난 살아있다."

❖

산 전체를 아우르는 거대한 성벽과 성벽 높은 곳에서 휘
날리는 사황련의 깃발.

산 하나를 통으로 쓰는 만큼 독특하게도 성의 중심을 작
지 않은 계곡이 가로지른다.

침입자를 쉬이 막아 낼 수 없을 것 같은 구조지만, 반대
로 보자면 전체적으로 호쾌한 모습이기도 했다.

"나쁘지 않은데?"

멀리서 사황련의 본거지를 둘러본 휘의 감탄에 곁에 서
있던 사황 하우성이 웃었다.

"그렇지? 나도 만들 때는 너무 큰 것 아닌가 했는데, 완
성되고 보니까 제법 괜찮더라고. 뭐, 내부는 아직도 엉망이
긴 하지만 그것도 시간이 완성시켜 주겠지."

"확실히."

성벽이 그저 산을 끼고 만들어진 것이 아니었다.

그 내부에는 각종 기관을 설치하는 작업이 한창이고, 성벽 자체가 일종의 진법 역할을 하며 비상시 적의 침입을 막을 수 있도록 설계되어 있었다.

'무서운 건 진법이 발동되면 적들의 발걸음이 저곳 계곡으로 집중된다는 거겠지. 적을 한쪽으로 몰아서 단숨에 죽일 수 있겠어. 사파의 보물이라 불리는 삼뇌의 작품이겠군.'

다른 사람은 속일 수 있을지 모르겠지만 휘는 정확히 저 성벽의 진법이 무슨 역할을 하는 것인지 알 수 있었다.

그것도 단숨에.

이미 기감을 느끼는 것에 있어 무림 최고의 경지에 오른 그다.

미세한 기의 흐름이지만 그것만으로도 진법의 의도를 파악하는 것은 그리 어렵지 않은 일이었다.

더욱이 내부의 기관 공사로 인해 진법이 가진 기의 흐름이 완전히 감추어져 있지 않은 지금 같은 상황에서 알아차리지 못한다면 더 이상할 것이다.

"눈치 챘지? 어디 가서 이야기만 하지 마."

"그러라고 보여 준 것 아닌가?"

"그렇긴 하지."

태연히 대답하는 휘에게 어깨를 으쓱이며 웃어 준 하우성이 앞장서서 걷기 시작했다.

휘가 홀로 이곳에 도착한 것은 바로 좀 전의 일이었다.

도착과 함께 하우성과 단 둘이 오른 것이 사황련 본거지를 한 눈에 볼 수 있는 지금의 산 정상이었다.

저벅저벅.

"본 련의 덩치는 지금 이 순간에도 빠른 속도로 불어나고 있어. 비록 천대 받았다곤 하지만 무림에서 가장 많은 수를 자랑하는 것이 우리 사파니까. 사황련이란 존재는 수많은 이들에게 희망이 될 것이고, 자존심이 될 거야. 그러기 위해선 넘어야 할 산들이 아직 많지."

"네 능력이라면 언젠간 그렇게 되겠지."

"물론."

자신만만하게 대답하며 하우성이 돌아서서 휘의 얼굴을 정면으로 바라본다.

"그 언젠가가 되기 위해 필요한 시간을 네가 벌어줬으면 한다."

"무슨 생각인지 모르겠지만, 내게 그런 능력은 없어."

"아니, 있어. 무슨 생각으로 실력을 감추고 있는 것인지는 알 수 없지만 분명한 것은 넌 정도맹과 친하게 지내긴하지만 정도맹의 사람이 아니라는 것. 그리고 마찬가지로나. 그리고 사황련과도 충분히 친분을 쌓으려 한다는 거지.

마치… 무림의 중재자처럼 말이야."

"……."

정확히 상황을 꿰뚫어보는 하우성의 눈에 휘는 겉으로 표시하진 않았지만 속으론 크게 놀란 상태였다.

굳이 숨기려 한 것은 아니었지만 그동안 자신의 행동에 대해 확실히 파악한 사람은 없었다.

그렇기에 눈앞의 하우성이 새삼스럽게 보인다.

휘의 기억에 없는 인물이고, 무림의 판도를 바꿀 초강자이자 젊은 신성.

어느 하나 얕볼 수 없다.

'그래도 다행인 건… 적은 아닌 것 같단 말이지.'

그것은 말로 할 수 없는 감이었다.

이전에도 그랬지만 하우성은 자신과 척을 지고 설 인물이 아니었다.

스스로도 이해 할 수 없지만 그렇다고 감이 말해주고 있었다.

피식.

"그래서 하고 싶은 말이 뭐야?"

"친하게 지내자고. 딱히 바라는 것은 없어. 그저 정도맹과 비슷한 수준으로 좀 친하게 지내 달라는 거지."

씩.

웃으며 말하는 하우성.

그의 얼굴에선 휘가 자신의 부탁을 들어 줄 것이란 자신
감이 흘러넘친다.

순간 거절할까 고민하지만 곧 고개를 끄덕이며 승낙했
다.

"좋아, 그 정도라면 어렵지 않지."

"그럴 줄 알았어. 그래서 우리 쪽에 필요한 물건의 대부
분을 천탑상회를 통해서 주문하고 있지. 그쪽과 연이 깊다
며."

"작지는 않지."

"당장은 규모가 작지만 사황련이 확실히 자리를 잡고나
면 지금의 수배는 규모가 커지게 될 거야. 확실히 밀어 줄
테니까 적당히 도와주라고."

"부탁해 놓지."

시원한 휘의 대답에 만족한 듯 하우성이 다시 앞장서 걷
기 시작한다.

사황련은 크고 단단한 외성을 제외하곤 안쪽으론 딱히
구역을 구분해놓지 않고 있었다.

물론 연무장 등 수련을 위한 공간은 분리가 되어 있었지
만, 그 이외에 머무는 전각 등에선 구역을 정해놓지 않았
다.

오직 련주인 사황이 머물게 될 거처만이 성의 중심부에
놓이고 출입이 제한된다.

그것을 제외한다면 어디든 외성을 통과한 자라면 움직일 수 있는 구조로 만들어져 있었다.

무림 어디에서도 찾아보기 힘든 독특한 구조.

"삼뇌가 제안하고 만들어졌지. 좀 독특하긴 하지만 이 독특함이야말로 자유분방한 사파에게 잘 맞는다고 말이야. 어차피 하나로 합칠 것이라면 구분을 두는 것보다 이쪽이 훨씬 더 효율적이기도 하고."

"먼 미래를 보고 만들었군."

"일단은."

어깨를 으쓱이며 휘의 말에 대답하며 그가 안내한 곳은 자신의 거처였다.

천탑상회를 통해 구입한 비싸고 화려한 장신구들이 한가득 들어 차 있는 방.

"정신 사납지만 이 정도는 해줘야 한다고 하더라고. 적어도 손님을 접대하는 방에선 말이야."

"때론 겉으로 보여주는 것도 해야 하는 법이니까."

"그래! 삼뇌가 그 말을 했지."

조르륵.

이전의 철관음을 내놓으며 하우성은 편하게 창틀에 몸을 기대며 휘를 바라본다.

"속 시원하게 이야기 해보자고. 내가 바라는 것은 사파의 힘을 보이고 누구에게도 무시당하지 않게 하는 거야.

그러기 위해서 사황련을 만들었고, 몸에 맞지 않는 옷을
입었지."

"맞지 않는 옷은 벗는 게 좋지."

"알면서도 못 벗는 경우가 더 많지 아마?"

피식 웃으며 휘의 말에 대꾸한 하우성이 차를 한 모금 마
시고 말을 이었다.

"그래서 네 뜻을 알고 싶다. 많은 정보를 모으진 못했지
만 그동안 네가 벌인 일들을 쫓다보면 재미있는 것들이 있
단 말이지. 그리고 무림에 나타나기 시작한 정체를 알 수
없는 무리들까지."

"돌려서 말하긴. 일월신교에 대해서 묻고 싶은 거냐?"

휘의 직접적인 말에 하우성의 눈이 빛난다.

"맞아. 일월신교. 네가 싸우려는 놈들이냐?"

"흐음…."

후륵.

휘는 쉽게 대답하지 않았다.

철관음을 들이키고 조용히 머릿속을 정리한다.

하우성 역시 대답을 재촉하지 않았다.

그의 대답에 따라 앞으로 사황련이 움직여야 할 방향이
바뀌게 된다는 것을 알고 있는 것이다.

잠시간의 시간이 흐르고 휘다 답했다.

"맞아."

"하! 하하하! 아하하하!"

크게 웃음을 터트리는 하우성.

비웃음이 아니었다.

마음 깊은 곳에서부터 올라오는 진짜 웃음. 그것을 알기에 휘는 하우성이 진정할 때까지 조용히 차를 즐긴다.

"좋아, 아주 좋은 기회겠어. 사황련의 힘을 보여주기에!"

"두렵지 않나?"

"두려워? 왜? 일월신교의 전설에 대해선 나도 많이 듣긴 했지만 그것뿐이잖아. 내가 직접 경험해보지도 않은 상태에서 적을 겁내고 있을 필요가 없지. 상대하기 전에 쫄면 반은 지고 들어가는 건데. 그럴 필요 있나?"

씨익.

호쾌하게 웃는 하우성을 보며 휘는 피식 웃으며 고개를 끄덕였다.

"그래, 틀린 말은 아니지. 하지만 일월신교는 네가 생각하는 것처럼 만만하게 볼 곳이 아냐. 현 중원 무림의 명줄을 붙들고 있는 것이 놈들이니까."

"…그 정도나?"

그제야 얼굴을 굳히는 그에게 휘는 천천히 일월신교에 대해 이야기했다.

"…그런 놈들이지. 사황련이 막을 수 있을까?"

"…무리지."

놈들에 대한 이야기를 듣고 난 하우성의 솔직한 대답에 휘는 만족스런 미소와 함께 말을 이었다.

"게다가 사파의 부흥을 위해 모였다곤 하지만 그들 전부가 네 명령을 받고 움직이는 수족일까? 그들 중에 놈들의 첩자가 숨어들어 있지 않을까? 정도맹이 그렇듯. 사황련이라고 해서 완벽하진 않지."

"네 걱정은 이해하지만 어쩔 수 없는 일이지. 그 정도는 각오하고 움직이는 수밖에. 다만 될 수 있으면 빠른 시간 안에 옥석을 골라내는 것에 집중해야 하겠지. 믿을 수 있는 자들로 내 주변을 채우는 것도 중요하고."

"누구도 믿지 않는 것이 중요하지만 반대로 모두를 경계해서도 안 돼."

"날 멍청이로 아는 게 아니라면 그 입. 다무는 게 좋을 거야."

"그러지."

간단하게 대답하며 휘는 텅 빈 찻잔을 내려놓았다.

전에도 느꼈지만 최상품의 철관음이 상당히 입에 맞았다. 자연스럽게 주전자에 손을 뻗어 차를 채우는 능숙한 손길.

"그보다 우리 쪽에서 아직 네 실력을 믿질 못하는 사람들이 있어서 비무나 해볼까 했었는데. 안되겠네. 그 상태로는."

휘의 허벅지를 보며 말하는 하우성.

겉으로는 완벽하게 나았지만 그 속은 아직 회복이 덜되었는데 그것을 기가 막히게 잡아낸 것이다.

"아쉽지만 어쩔 수 없지."

"그렇지. 뭐, 내가 할 말은 이제 더 없을 것 같고. 아까도 말했지만 적당히 어울려 줬으면 좋겠어. 딱 정도맹 정도로만 말이야. 더 어울리면 좋겠지만 네가 별로 좋아할 것 같지도 않고. 나중에 도움이 필요하면 말해. 내가 할 수 있는 것이라면 얼마든지 도움을 주지."

"그 약속 잊지 않는 게 좋을 거야."

그 말과 함께 단숨에 찻잔을 비워버린 휘가 자리에서 일어섰다.

이미 사황련의 본거지도 둘러보았고, 사황 하우성과의 이야기도 충분히 나누었으니 이곳에 있을 필요가 없었다.

이틀 뒤면 이곳에 수도 없이 많은 무인들이 몰려들 것이 분명하니 번잡하기 전에 이곳을 벗어나려는 것이다.

"놓치지 마. 내부의 적은 외부의 적보다 무서운 법이니까."

스르륵.

조용히 어둠과 동화되며 모습을 감춘 휘는 빠른 속도로 사황련을 벗어났다.

눈에는 보이지 않지만 기감으로 그 사실을 알아차린 하우성은 웃으며 일어섰다.

"이미 시작되었지. 내부 분열이라는 말조차도 지긋지긋한 것이 우리 사파거든."

문파를 세우고 문파가 무너진다.

그 과정을 가장 많이 겪는 것이 사파다.

외부의 요인에 의해, 내부의 요인에 의해.

수도 없이 많은 이유들로 하루에도 수십의 문파가 생기고, 수십의 문파가 문을 닫는다.

그렇기에 사파에게 있어 내부 분열이라는 단어는 슬프지만 익숙하기 그지없다.

오죽하면 사파 무인들 중에 이름이 좀 있다는 자들 치고 한 문파에서 꾸준히 몸을 담는 자들이 손에 꼽을까.

그렇기에 하우성은 사황련을 만드는 그 순간부터 내부 분열에 대해 철저하게 대비했고, 자신의 사람을 만들기 위해 노력했다.

그 첫 번째가.

삼뇌 사마공이었다.

"군사에게 전해. 옥석을 가릴 때가 되었다고."

"명."

어느새 그의 뒤편으로 수하 하나가 나타났다가 정중한 인사와 함께 모습을 감춘다.

"일월신교라… 잘됐어. 굳이 중원 무림을 상대로 힘을 안 써도 되니, 훗날 정사의 교두보를 놓는데 큰 문제는 없겠어. 큰 적을 앞두고 분열을 일으키는 것만큼 꼴불견도 없으니. 우리 쪽 늙은이들 몇이 안 좋아하긴 하겠지만… 별수 있나, 따라야지. 쿡쿡!"

웃으며 일어선 그의 눈에 이젠 완성이 된 사황련의 본거지가 눈에 들어온다.

"자, 이제 시작이야."

君墨逸
骑归

61章

61 章

전진파.

이 세 글자가 무림에서 가지는 영향력은 이젠 미미하기 짝이 없지만 한 땐, 그 유명한 무당과 어깨를 나란히 하는 거대 문파였다.

그러나 화무십일홍이라는 말처럼 단 한 순간에 사라져 버린 문파이기도 했다.

전진파가 무림에 활동을 한 것은 채 백년도 되지 않지만, 그 활동은 전진이 사라지고 수백 년이 흐른 지금까지도 이름이 잊혀지지 않을 정도의 강렬함을 선사했다.

사라진 전진을 찾아 그들의 비전을 이으려는 자들이

한 때 무림 전체에 얼마나 넘쳐났던가.

누구도 전진의 흔적을 찾지 못했기에 이젠 잊혀져버린 이야기가 되어버린 전진파.

이젠 전진이라는 이름만 기억하는 자들이 많아졌지만, 아직도 전진을 잊지 못한 자들은 말하곤 한다.

전진의 이름이 돌아왔을 때.

무림은 서열은 변하게 될 것이라고.

쩌엉!

강렬한 소리와 함께 팔을 타고 흘러드는 힘을 재빨리 내공을 이용해 흩어내며 화소운은 쉴 틈 없이 발을 놀렸다.

순간, 날아드는 강렬한 찍어 차기.

콰앙—!

상대의 발이 땅에 박히는 틈을 놓치지 않고 검을 휘두르지만.

땅!

그는 너무나 여유롭게 검을 피해내다 못해 중간에 손가락을 들어 튕겨 내버린다.

"큭!"

휘휘휘— 퍽!

손아귀를 벗어나 허공을 날아 땅에 박히는 검.

"아직도 검을 쥐는 힘이 약하다."

"대련 감사합니다."

검을 놓쳤다는 것은 곧 대련이 끝났음을 의미하기에 화소운은 한숨과 함께 고개를 숙였고, 휘는 당연하다는 듯 고개를 끄덕이며 자신의 집무실로 향한다.

하루에 한 번.

오전에 펼쳐지는 둘의 대련은 화소운의 요청으로 이루어졌는데, 뭔가 한 단계 더 높은 경지가 보이는 것 같은데 오를 수가 없었기 때문이었다.

휘와의 대련을 통해 실마리를 찾을 수 있을 것이라 생각했는데, 반대로 그와의 격차만을 여지없이 실감 할 수 있었다.

"후⋯! 이젠 상대도 되지 않는군."

찌릿, 찌릿.

아직도 찢어져라 아픈 손바닥을 보며 화소운은 쓰게 웃는다.

휘를 만난 이후 정말 어마어마한 속도로 성장을 거듭해온 그이고, 무림 어딜 가더라도 고수 소리를 들을 수 있을 정도였지만.

다른 곳도 아니고 이곳 암문에선 제대로 힘을 쓸 엄두가 안났다.

당장 암영들만 하더라도 그 실력이 대단하니 화소운이 상대하기 어려운 것이다.

물론 이는 전적으로 화소운 혼자만의 생각이었다.

미래 복마검왕(伏魔劍王)으로 불리며 마공을 익힌 이들에게 저승사자나 다름없었던 그다.

무공의 상성이 가져다주는 힘의 차이는 어마어마한 것이었는데 그는 아직 그것을 깨닫지 못하고 있었다.

다른 사람도 아닌 휘가 직접 화소운을 상대하고 있는 것도 자칫 암영들이 크게 화를 입을 수 있기 때문이었다.

유일하게 화소운에게 큰 부담을 느끼지 않고 대련을 치를 수 있는 유일한 인물이니까.

"더 강해져야 해. 이대로는 짐과 다를 것이 없으니."

한숨과 함께 화소운이 땅에 박혀든 검을 다시 집어 들었다. 쉬지 않고 곧장 수련에 돌입한 것이다.

"제법이잖아."

웅웅.

아직도 손끝에서 해소되지 않는 힘의 여파를 즐기며 휘는 웃었다.

본인 스스로는 아직 느끼지 못하고 있는 것 같지만, 이대로라면 앞으로 한 달이 지나기 전에 화소운은 지금보다 족히 두 계단.

아니, 세 계단은 오를 수 있을 것이 분명했다.

그 증거로 아직도 해소되지 않는 기운이 손끝에 머물지 않는가.

아무리 상극의 무공이라지만 휘 정도면 무시 할 수 있음에도 불구하고 그러질 못한다는 것은 그만큼 화소운의 실력이 성장했다는 것이다.

그것도 어마어마한 폭으로 성장한 휘를 상대로 말이다.

"이대로라면 생각보다 일찍 복마검왕이란 이름을 되찾겠어. 무림이 격변하는 시기에 맞춰서 성장을 해주니 고맙다고 해야 하나?"

꾸욱, 꾹.

손을 폈다, 쥐는 것으로 남은 힘을 해소하며 휘는 웃었다.

물론 방금 전의 이야기는 화소운에겐 절대 비밀이었다. 화소운의 성격이라면 만족하는 순간 더 이상 지금과 같은 수련은 안하려 들 테니까.

평소 괴짜 같은 성격의 그이지만 수련에 접어들면 상당히 진지해진다.

그리고 그 덕분인지 몰라도 놀라울 정도로 암문이 조용해지고 말이다.

쉽게 말해서 암문 전체를 뒤져도 떠들고 다닐 사람은 그밖에 없는 것이다.

금세 몸을 씻은 휘는 회의실로 몸을 옮겼고, 그곳엔 암문의 주요 인물이라 할 수 있는 사람들이 한 자리에 앉아 있었다.

수련에 빠져든 화소운을 제외하고 말이다.

휘가 자리에 착석하자 모용혜가 자리에서 일어나 이야기를 시작했다.

"사황련의 성공적인 시작과 함께 현 무림은 이전과 비교할 수 없을 정도로 빠르게 움직이기 시작했어요. 아니, 본래 이것이 무림의 모습이고 이전의 평화가 너무 길었던 것일 수도 있죠."

찌이익.

말과 함께 그녀는 한쪽 벽에 걸린 중원 지도를 펼쳐 내린다.

중원 전역이 자세히 그려져 있고, 중요한 무림 문파들이 새겨져 있는 지도의 한 곳을 그녀가 손으로 짚었다.

"일전에 말씀드린 적이 있어요. 소수마공과 관련해서."

"소수마공이라면 신경을 쓰지 않는 것으로 이야기가 끝난 것이 아니었습니까?"

백차강의 물음에 그녀는 고개를 끄덕였다.

"맞아요. 당시 이곳에 신경을 쓰는 것보단 여유를 가지고 다른 곳에 집중하는 편이 나을 것이란 판단했었어요. 그런데 이제 이쪽을 신경 써야 하는 처지가 되어버렸어요."

쓰게 웃으며 그녀가 빠르게 말을 잇는다.

"이전엔 소수마공을 사용한 흔적을 발견한 것으로, 소수마공을 쓰는 소수마녀가 출현했을 것이라 예상만 했었어요.

하지만 이젠 달라요."

"소수마녀가 나타났다는 건가?"

"네."

휘의 물음에 모용혜는 고개를 끄덕이며 대답한다.

"그녀의 목적이 무엇인지 알 순 없지만 알려진 것에 의하면 감숙을 중심으로 움직이고 있는데, 소규모 문파와 중대형 문파를 가리지 않고 공격을 하고 있어요. 그렇다고 무작위로 공격하는 것도 아닌 것이 바로 옆에 있는 문파는 또 손을 대지 않았어요."

"은원에 의한 복수로 볼 수 있겠군."

"일단은 무림에서도 그렇게 생각하는 모양인데… 확실한 것은 지켜봐야 알겠죠."

"그래서 우리와 무슨 상관이지?"

본론을 이야기 하라는 휘의 말에 모용혜는 잠시 모두를 둘러보곤 말했다.

"아직 무림인들 중에 눈치 챈 사람이 없는 것 같지만 언제 알아차릴지 모르겠어요. 저도 우연히 피해를 입은 문파들을 조사하다가 알게 된 것이라."

그 말과 함께 파세경이 자리에서 일어난다.

"그녀의 움직임은 본 상회가 받은 의뢰와 연관이 있는 것 같아요."

"의뢰?"

"공격을 받은 문파들 중에 저희와 상관이 없는 곳도 있어서 바로 알 수 없었지만, 공통적인 것이 있다면 극양의 기운을 품고 있는 영물이나 내단. 혹은 그에 준하는 영약을 의뢰했다는 거죠."

"영약을?"

"극양의 기운을 품고는 있지만 그렇다고 아주 비싼 것들을 요구한 것도 아니었어요. 예를 들어… 천향비문에선 초양초를. 이공방에선 열화전갈의 꼬리를. 몽화장에선 적양어와 같이 구하기 쉽지는 않지만 그렇다고 아주 구하지 못할 것도 없는 것들을 의뢰했었어요."

"…다른 곳도?"

"목록은 다르지만 전부 극양의 기운을 크든, 작든 가지고 있는 것을 의뢰했어요."

그녀의 말에 휘를 비롯한 모두의 얼굴이 굳어진다.

앞서 언급이 된 것들은 확실히 구하기 어렵긴 하지만 돈이 있다면 손에 넣는 것이 어렵지 않은 물건들이었다.

다만 무림인들이 쓸 만한 것은 아니다.

극양의 기운을 가졌다곤 하지만 그리 많지 않은데다, 그 돈을 투자해서 이것을 구할 바엔 차라리 다른 것에 투자하고 수련을 하는 것이 월등히 나은 효과를 보기 때문이다.

결국 이것들은 보양이라는 이름 아래 정기가 떨어지는 사내들이 찾곤 했는데.

"그걸 찾았다? 그것도 무림방파에서?"

쉽게 생각 할 수도 있지만 그 양이 결코 적지 않다.

갑작스레 감숙의 문주들 사이에 늘둥이를 보는 것이 유행이라도 되지 않고서야 저것들을 쓸 데가 어디에 있겠는가.

이것이 말하는 바는 하나.

"누구의 손에 놀아났거나, 전부가 한통속으로 뭔가를 해보려고 했다는 거겠지?"

"그리 생각하고 있습니다. 그리고 이것과 소수마녀가 어째서 연관되어 있는 것 인진 알 수 없지만 확실한 것은 의뢰를 받은 문파들이 박살나고 있다는 것이죠. 어쩌면 그 불똥이… 저희에게 튈 지도 모르고요."

모용혜의 담담한 얼굴과 달리 파세경의 얼굴은 붉게 달아올라 있었다.

벌써 이것이 몇 번째인지.

천탑상회의 일로 암문에 폐를 끼치는 것이 말이다.

그녀가 입을 열려고 할 때 먼저 휘가 막아섰다.

"일단… 준비해. 상황이 어떻게 될지는 모르겠지만 철저히 준비해서 나쁠 것은 없어 보이니까. 기왕이면 소수마녀의 목적을 알아내는 것이 좋을 것 같고."

"존명."

"넌 너 할 일만 해. 우리가 일방적으로 도움을 주는 것도 아니고, 받는 것도 많은데 뭐가 걱정이야. 이번 일이 어떻게 될지는 모르겠지만 일이 벌어지면 바로 막아 줄 테니까, 마음 것 움직여. 오늘 회의는 이걸로 마치고. 암영들에게 전하지. 전에도 말했지만 화소운과의 비무, 대련 전부 금지다."

"예."

"소수마녀라…."

휘의 시선이 벽에 걸린 지도를 향한다.

정확히 감숙을 향해서.

❖

백발(白髮), 백미(白眉), 백안(白眼).

감숙에 나타난 소수마녀를 한 마디로 표현 할 수 있는 단어들.

어느 날 나타나 무행(武行)을 시작한 그녀는 이젠 감숙 전체에 가공할 공포를 몰아오고 있었다.

그녀를 막을 사람도 없었고, 문파도 없다.

그녀가 향하는 곳엔 죽음만이 가득할 뿐.

대체 왜 그녀가 이러고 다니는 것인지 파악하고 있는 사람은 단 한 명도 없었다.

다만, 원한이 있는 것은 아닌지 하는 작은 추측은 할 뿐이다.

그것 이외엔 너무나 분방하게 움직이기에 쉽게 추측 할
수 없기 때문이다.

그녀의 발걸음이 점차 빨라질수록 감숙 무림의 공포는
더해져만 갔고, 결국 정도맹에 도움을 청하는 상황까지 가
버렸다.

정도맹 역시 이번 일을 쉽게 넘기고 있을 수만은 없었
다.

바로 얼마 전 밀교의 일 때문에 청성을 잃었고, 무림의
민심을 많이 잃어버렸다.

그 뒤의 일로 어느 정도 회복을 했다곤 하지만, 이전의
성세를 되찾기 위해선 조기에 일을 처리할 필요성을 느꼈
고 덕분에 정도맹에선 발 빠르게 조사단을 파견했다.

하지만 그 누구도 그녀를 찾을 수 없었다.

조사단이 파견 되었을 그 시간.

그녀는 감숙을 벗어나 섬서성의 경계를 벗어나는 중이었
기 때문이다.

회색 무복에 얼굴을 가리는 챙이 넓은 모자.

앞이 보이는 것인지 궁금할 정도로 거의 모든 것을 가린
여인이 느긋한 걸음으로 섬서와 감숙의 경계 지방에 자리
잡은 도시 천양에 들어선다.

그녀의 독특한 차림 때문에 몇몇 사람들이 그녀를 주시
하지만 그것도 잠시일 뿐.

허리춤에 걸린 검 한 자루가 그녀가 무림인임을 나타내니 적어도 같은 무림인이 아니고선 그녀에게 관심을 주지 않으려 한다.

일반인들이 무림인들과 엮여서 좋을 것이 없으니까.

그렇게 그녀는 아주 느긋한 발걸음으로 한 곳을 향해서 쉬지 않고 걸어간다.

마침내 멈춘 발걸음.

주변 건물들보다 월등히 규모가 크고 화려한 곳.

"여기로군."

차갑도록 시린 그녀의 목소리가 짧게 들려오고.

느긋하던 이제까지와 달리 거침없는 발걸음으로 앞으로 걷기 시작한다.

천양 최고의 문파라 불리는 천양검문을 향해서.

천양문주 천변검 극일양.

공명정대하고 주변을 돌볼 줄 아는 인물로 천양에서도 그 이름이 높은 사람이었다.

천변검이라는 별호에 어울리지 않는 넉넉한 몸집을 가지고 있지만 그것이 그의 실력을 깎아 내리진 못했다.

비록 천양이라는 작은 도시에 머물러 있지만 그 실력만큼은 섬서에서도 제법 강한 축에 드는 것으로 정평이 나 있었다.

천양을 넘어 섬서성 전체에서 후한 평을 받고 있는 그가 지금 두려움에 떨고 있었다.

"미친년! 미친년! 그 미친년! 그년이 분명해!"

덜덜덜.

연신 욕을 뱉어내며 두 손으로 자신의 머리카락을 쥐어 뜯는 그.

벌써 십년도 넘은 이젠 잊혀 졌어야 할 이야기.

친우들과 저질렀던 그날의 일.

"그날 어떻게든 그 계집년을 찾아서 죽였어야해. 그랬다 면 지금 같은 상황에 처하지 않았을 거야! 개새끼들! 내 말 을 듣지 않더니!"

으득!

이미 죽어버린 자신의 친우들을 떠올리며 그는 이를 갈 며 욕을 토해낸다.

하지만 이미 죽어버린 자들에게 욕을 한다 해서 뭐가 달 라지겠는가. 문제는 반드시 자신을 찾아 올 그녀를 막을 방 도를 찾는 것이었다.

"그년이 정말로 소수마공을 익혔다면… 나로선 막을 방 법이 없어. 어쩌지? 지금이라도 정도맹에 투신해야 하나? 아니면 화산에 도움을?"

잘근잘근.

엄지손톱을 뜯으며 머리가 터져라 고민해보지만 답이

나오진 않는다.

주변의 문파들이 바쁘게 정도맹에 가입하며 권유할 때 그는 아직 준비가 되지 않았단 말로 정도맹 가입을 최대한 미루었다.

아니, 하지 않아도 된다면 안하려 했다.

겉으론 공명정대하고 베푸는 인물이지만 실상은 각종 이권사업에 개입하여 막대한 뒷돈을 챙기는 것이 바로 그였다.

정도맹에 가입하게 되면 그런 뒷돈을 챙기는 것이 아무래도 어려워진다.

그렇기에 가입하지 않으려 했던 것인데 상황이 이리되고 보니 미칠 지경이었다.

'아홉 중에 일곱이 그년의 손에 죽었어. 남은 하나도 연락이 되지 않는 것을 보면… 죽었을 지도 몰라. 빌어먹을!'

극일양은 십년 전 그날.

여인들을 우롱하고 한 마을을 파멸로 몰아넣은 그날을 떠올리며 후회했다.

자신의 잘못을 후회하는 것이 아니었다.

끝내 찾지 못해 포기한 한 여자아이.

모든 원흉이 된 그 아이를 죽이지 못한 것을 후회했다.

찾기 귀찮다는 이유 하나만으로 죽이지 않았었는데 말이다.

"적이다!"

"막아!"

벌떡!

땡땡땡!

돌연 밖에서 들려오는 소리에 깜짝 놀라 일어서는 것과 동시 비상종이 천양검문에 울려 퍼진다.

그날의 기억은 잊혀 지지 않는다.

잊으려 하면 할수록 더욱 생생하게 떠오를 뿐.

산골에 자리 잡은 화전마을이라 부족한 것이 많지만 몇 되지 않는 마을 사람들끼리 화목하게 살아가던 마을이었다.

그날도 둘 밖에 없는 친구와 함께 뛰어 놀다가 마을로 늦게 돌아왔다.

그리고 보았다.

알지 못하는 사내들 밑에 깔려서 울부짖는 엄마와 마을 여인들. 붉은 피를 뒤집어 쓴 채 쓰러진 마을 남자들.

"어, 엄마!"

"아빠!"

마을 입구에서 친구들이 비명을 내지르며 달려갈 때.

그녀는 움직이지 못했다.

놈들의 밑에 깔려있는 여인의 얼굴과 눈이 말하고 있었다.

도망치라고.

그것이 엄마의 마지막이었고, 그녀는 미친 듯 뒤돌아 숲으로 뛰어 들어갔다.

아빠와 술래잡기를 할 때 사냥꾼인 아빠도 결국 찾지 못했던 그 장소에 숨었다.

작은 계곡의 벽에 있는 동굴.

수풀이 무성하여 결코 외부에서 보이지 않는 그곳에서 그녀는 배가 고파 쓰러질 것 같은 그 순간까지도 움직이지 않았다.

으득!

너무나 생생한 그날의 기억.

덕분에 놈들의 숫자와 특징, 얼굴까지 완벽하게 떠오른다. 눈을 감고도 그릴 수 있을 정도로.

거기에 희미하게 들렸지만 놈들 중 몇이 서로 이름을 부르며 나누는 대화까지.

덕분에 그녀는 완벽한 복수행에 나설 수 있었다.

하오문을 통해 놈들에 대한 정보를 얻는 것은 그리 어렵지 않은 일이었다.

시간이 제법 흘렀다곤 하지만 예전에 꽤나 인근에서 유명했던 무인들이라고 했다. 나쁜 쪽으로 말이다.

'이제 남은 건 너 뿐이다.'

쩌적. 쩍.

살심이 일어남과 동시 단전에서 솟구치기 시작한 내공이 온 몸에 퍼지고.

아득한 한기가 그녀의 몸을 지배한다.

본인 스스로도 몸이 깨져버릴 것 같은 추위가 계속 되지만 그녀, 양소진은 이를 악물고 버텼다.

오직 복수를 하고 말겠다는 집념과 독기.

그것이 소수마공을 익히고서도 주화입마에 빠져 들지 않은 원동력일지도 모른다.

소진의 눈엔 저 화려하고 거대한 건물은 가식 그 자체였다.

"이곳은…."

거침없이 문을 통과하려는 그녀의 앞을 막아서는 천양검문의 무인.

하지만.

"꺼져."

쩌적!

짧은 한 마디와 함께 휘두른 그녀의 손에 순식간에 허옇게 얼어붙는 그.

"허…억…!"

마지막 숨과 함께 그가 죽음을 맞이하고.

갑작스런 상황에 당황한 또 다른 문지기를 향해 그녀가 손을 휘두르자 역시 같은 방식으로 얼어 죽는다.

그리곤.

꼭 닫힌 정문을 향해 그녀가 손을 휘둘렀다.

쩡!

콰앙-!

"마지막이야. 기다려라. 극일양!"

차갑고도 표독한 그녀의 외마디와 함께.

쩌적, 챙!

그녀의 회색 무복이 하얗게 얼더니 일순 깨져 나간다.

그와 함께 모습을 드러내는 순백의 옷.

콰작.

얼굴을 가렸던 모자가 깨져나가고.

백발, 백미, 백안.

삼백(三白)을 지닌 그녀가 모습을 드러낸다.

그리고 천양검문에 눈이 내리기 시작했다.

결코 내릴 수 없는 시기에 흰 눈이 말이다.

❖

화산칠검은 화산의 정예 중의 정예라는 매화검수들 중에
서도 그 실력의 두각을 드러낸 자들을 부르는 말로 그들 하
나하나가 무림 어디에 내놔도 빠지지 않는 고수들이었다.

그 화산칠검의 하나가 죽었다.

소수마녀에게.

우연히 들린 천양에서 소수마녀와 천양검문의 싸움에 휘말렸고, 결국 죽임을 당한 것이다.

이 사건은 그렇지 않아도 소수마녀에 대해 반신반의하고 있던 무림에 의심을 벗어 던지게 만들었다.

소수마공이 아니고선 결코 화산칠검의 일인을 죽일 수 없었을 테니까.

소문이 퍼지는 것은 순식간이었다.

화산에서 어떻게 해볼 틈도 없을 정도로 말이다.

아니, 화산도 발등에 불이 떨어진 것이나 다름이 없었다.

섬서는 화산의 안마당과 같은 곳임에도 불구하고 소수마녀를 감지하지 못했을 뿐만 아니라, 화산이 자랑하는 화산칠검의 일인을 잃었지 않은가.

소수마공의 주인이든 아니든 이젠 화산에겐 중요하지 않았다.

자존심에 상처 입은 그들은 상처 입은 자존심을 치유하길 원했고, 그 결과.

화산칠검을 포함한 매화검수 전원이 화산을 내려왔다.

그것도 공개적으로.

대외적으로 화산의 힘을 알림과 동시 화산의 복수가 시작되니 누구도 소수마녀를 건드리지 말라는 일종의 경고였다.

"화산에서 강하게 나가는 군."

모용혜의 보고에 피식 웃어버리며 넘기는 휘.

화산이 어떻게 움직이든 지금으로선 아무래도 상관없는 이야기다.

적어도 그쪽으로 움직일 일은 당분간 없을 것 같으니까.

그것은 다른 사람들 역시 마찬가지라 보고를 하고 있는 모용혜조차 편안한 얼굴이었다.

"화산에선 이번을 기회로 삼아 정도맹에서의 영향력을 늘리려고 할 거예요. 당장 손을 잡기는 했지만 아직 내부 알력다툼이 끝난 것도 아니고 하니까요."

"바보 같은 짓들이지. 그보다 수상한 움직임은 없지?"

"아직은요."

"일월신교 놈들이 대체 무슨 생각을 하고 있는 것인지… 놈들이 이대로 포기를 할 리는 없고."

"제 생각일 뿐인지도 모르겠지만… 어쩌면 이제 수면 위로 모습을 드러내려고 하는 것 아닐까요?"

그 말에 휘는 묵묵히 고개를 끄덕이며 동의했다.

휘 역시 그런 것이 아닐까 하고 의심하고 있었던 것이다.

"일월신교가 밖으로 나온다면 지금의 중원 무림으로 막을 수 있을까?"

"정도맹과 사황련이 있고, 천마신교와 봉황곡도 있으니 가능하지 않을까요? 어느 정도 마찰이 있긴 하지만…"

"난 어렵다고 보는데."

모용혜의 말을 끊으며 휘는 쓰게 웃었다.

그동안 여러 차례 일월신교의 전력에 대해 말을 하긴 했었지만 그것만으론 부족한 것이 사실이다.

왜냐하면 아직 놈들을 겪어보질 않았으니까.

백문불여일견이라 했다.

두 눈으로 직접 보기 전까지는 아무리 말을 해도 그대로 믿기 어려울 것이다.

"정도맹과 사황련이 만들어지면서 중원 무림이 힘을 합치기 시작한 것은 좋은 일이지. 여기에 우리 나름대로 중요한 패로 생각하고 있는 천마신교와 봉황곡도 있고. 하지만 이렇게 해도 내가 봤을 때 일월신교의 힘에는 미치지 못해."

"그 정도… 인가요?"

잠시나마 자신감을 가졌던 모용혜의 얼굴이 시무룩해진다.

다른 사람이 말했다면 믿지 않겠지만, 휘의 말이다.

오랜 시간 일월신교와 대적을 해온 그가 거짓을 말할 리 없었다.

"폭풍전야라는 거겠지."

쓰게 웃으며 휘의 시선이 벽에 걸린 중원 지도를 향한다.

第62章

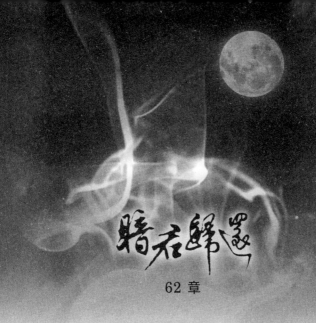

62 章

   소수마공의 가장 큰 특징을 꼽으라 한다면 역시 투명한 손이다. 하얗다 못해 투명하게 보이는 두 손.

   실제로 투명한 것은 아니지만 그렇게 보인다는 것인데, 아름다워 보이는 겉모습과 달리 소수마공을 상대한 자들의 죽음은 아름답지 못하다.

   장력에 적중된 이들은 하나 같이 내부에서부터 얼어붙어 가며 죽임을 당한다.

   어지간한 내공으론 버텨내지도 못할 수준.

   음공(陰功)으로 분류되는 무공들 중에서도 최강으로 손 꼽히는 데엔 다 이유가 있는 법인 것이다.

쩌억!

"컥!"

외마디 비명과 함께 쓰러지는 화산의 무인.

소맷자락에 새겨진 매화가 유난히 눈에 들어온다.

"사제!"

"빌어먹을!"

"잡아!"

사제 한 명의 죽음을 뒤로하고 매화검수 전원이 포위망을 유지한 채 소수마녀의 뒤를 쫓는다.

매화검수의 숫자는 모두 스물 넷.

벌써 스물 넷 중에 열이 그녀의 손에 당했기에 살아남은 매화검수들의 몸에선 살기가 한 가득 뿜어져 나오고 있었다.

다행히도 형제의 복수를 할 시간이 가까워지고 있었다.

더 이상 도망칠 곳도 없는 곳으로 몰아넣는데 성공했으니까 말이다.

"하악, 학!"

숨을 내쉴 때마다 폐를 찌르는 고통에 얼굴이 일그러지지만 양소진은 멈추지 않았다.

복수는 끝났기에 죽음이 두렵지는 않다.

하지만 지금은 죽을 수가 없었다.

'약속을. 약속을 지켜야해.'

자신에게 복수할 힘을 준 그들과의 약속을 이행하기 전에 죽을 순 없었다.

그렇기에 필사적으로 도망쳤고, 방어했지만.

그것도 이젠 끝인 모양이었다.

"하악, 하악!"

거칠게 숨을 몰아쉬며 발걸음을 멈춘 소진.

그녀의 앞에 드러난 것은 끝을 알 수 없는 깊이의 절벽이었다.

반대편과의 거리는 족히 백장.

멀쩡한 상태로도 건너 뛸 수 없는 거리인데 지금의 몸으론 시도조차 불가능한 일이었다.

휘익!

처척! 척!

"드디어… 잡았다."

그때 마치 기다렸다는 듯 그녀의 뒤를 따라 매화검수들이 자리를 잡는다.

이젠 열 네 명만이 남게 되었지만 그것으로 충분했다.

눈앞의 소수마녀를 죽이기엔.

우우우-.

살을 베일 듯 예리하면서도 난폭한 살기가 몰아친다.

형제를 잃은 슬픔을 본격적으로 토해내기 시작한 것이다.

그들을 보며 소진은 이를 악물었다.

도망 다니며 싸우느라 이미 몸은 한계에 이르렀고, 내공 역시 바닥을 보이고 있었다.

'약속을 지키기 위해서라도…! 아직 포기 할 순 없어.'

희망이 보이지 않지만, 그녀는 희망의 끈을 놓지 않았다.

어떻게든 이곳을 빠져나가려 하는 것이다.

"계집! 살아서 이곳을 빠져나갈 생각은 하지 않는 게 좋을 것이다."

"결코 살려 보내지 않는다."

스슥, 슥.

선두에 선 두 사람의 말이 끝나기 무섭게 반원을 그리며 소진을 포위하는 매화검수들.

으득!

입술을 깨물면서도 소진은 남은 내공을 두 손에 집중시켰다.

일촉즉발의 상황.

그때!

"거기까지."

쿠쿵!

나지막한 소리임에도 불구하고 머리를 울리는 강렬함에 매화검수들의 몸이 굳고.

저벅저벅.

결코 들릴 리 없는 발자국 소리와 함께.

절벽 반대편에서 한 사내가 모습을 드러낸다.

중원의 복식이라기엔 지나칠 정도로 두꺼운 옷을 입고서도 아무렇지 않게 움직이는 사내.

"누구냐!"

"나? 글쎄… 여자나 핍박하는 놈들에겐 가르쳐줄 이름이 없었던 것 같긴 한데?"

"이노옴!"

분기탱천하여 소리를 질러보지만 족히 백장은 되어 보이는 반대편이라 소리를 지르는 것 이외엔 그들이 할 수 있는 것이라곤 없었다.

하지만 사내는 그것이 재미있다는 듯 웃었다.

그리고.

파앗.

허공을 향해 몸을 날렸다.

파팟! 팟!

아무렇지 않은 듯 허공을 걸으며 날아드는 그!

"허공답보!"

매화검수 중 하나의 외침과 함께 그가 그녀 소진의 곁에 내려섰다.

"감히 화산의 일을 방해하려는 것이냐!"

"화산? 화산이라… 화산의 이름도 많이 떨어졌군. 이런 한심한 놈들을 매화검수라 부르다니."

"뭣이?!"

발끈하면서도 그들은 쉽게 달려들 수 없었다.

어느새 사내의 몸에서 흘러나오는 거대한 기운에 짓눌린 것이다.

"중원 놈들에겐 화산의 이름이 먹힐 지도 모르겠지만, 우린 아냐. 마음 같아선 모조리 목을 꺾어 두고 싶지만 아 쉽지만 이쪽도 시간이 많지 않아서."

스륵.

익숙하게 소진의 허리에 팔을 두르는 사내.

소진 역시 알고 있었던 사이인 듯 능숙하게 그에게 몸을 맡긴다.

"어딜!"

파앗!

도망칠 생각이라는 것을 눈치 챈 매화검수들이 몸을 날리는 그 순간.

"멈춰라."

굵지만 짧은 목소리와 함께.

쩌저적!

쩍!

온 세상이 얼음으로 뒤덮인다.

"이, 이건!"

몸을 날리던 자들도 분연히 뒤로 물러서며 재빨리 내공을 일으켜, 몸안으로 침투하는 냉기를 몰아내고.

그 짧은 순간 사내는 소진의 몸을 붙든 채 다시 한 번 계곡을 향해 몸을 날린다.

유유히 도망가는 모습을 보면서도 매화검수들은 움직일 수 없었다.

화산의 자존심이라 불리는 매화검수들이 어찌 할 수 없을 정도로 사내가 보여 준 한수는 충격에 가까운 것이었다.

"언젠가 다시 보도록 하지."

한마디를 남기며 빠르게 사라지는 사내.

"이게… 인간이 할 수 있는 일이란 말인가?"

얼음으로 뒤덮인 주변을 바라보는 매화검수들의 얼굴이 심각해진다.

음공과 비슷하지만 이것은 음공이 아니었다.

으드득!

"이대로 끝나진 않는다."

이를 악문 매화검수들이 몸을 돌린다.

이대로 사문으로 돌아가 화산이 동원 할 수 있는 모든 것을 동원할 생각이었다.

형제의 죽음을 가슴에 묻기엔.

그들의 가슴이 너무 뜨거워져 있었다.

"미안해요."

"모든 것은 주군의 뜻대로. 널 구하는 것 역시 주군의 뜻일 뿐이다."

사내의 무뚝뚝한 대답에 소진은 고개를 끄덕이며 안도의 한숨을 내쉬었다.

"가요."

"음."

두 사람의 신형이 북쪽을 향해 움직인다.

❖

'아무리 생각해도 아직 놈을 이길 순 없어. 하지만 시간은 내 편이야. 충분한 시간만 있으면… 놈을 잡을 수 있어.'

툭, 툭.

집무실에서 팔짱을 낀 채 연신 자신의 팔뚝을 손가락으로 두드리는 장양운의 얼굴이 필 줄 모른다.

두 눈을 감은 채 무수히 많은 생각을 떠올려 보지만 하나같이 실행시키기 어려운 것들뿐이다.

'어떻게든 시간을 벌어야해. 그러기 위해 가장 좋은 방법은….'

"역시 답은 중원에 있는 건가."

드르륵.

다리에서 일어나며 중얼거린 장양운이 창가로 향한다.

지각의 가장 높은 층에 자리 잡은 그의 집무실에서 내려다보는 일월신교의 전경은 결코 나쁘지 않았다.

게다가 지각에 마련된 연무장 마다 사람이 가득 들어차 수련에 박차를 가하고 있는 모습은 그가 처음 지각을 맡았을 때완 전혀 다른 모습이었다.

그땐 저곳이 텅 빌 정도로 지각에 사람이 없었으니까.

은둔자들을 끌어들여 지각의 힘을 강화시키고 자신감이 떨어진 지각 무인들에게 자신감을 불어 넣었다.

단지 그것만으로도 지각은 빠른 속도로 변하고 있었다.

"당장 부족한 것은 많지만 시간이 흐르면 지각도 제법 쓸 만 해지겠지. 결국 시간을 필요로 하는 것은 이쪽도 그쪽도 마찬가지인 상황."

결국 장양운으로서도 당장 선택 할 수 있는 것이 하나 밖에 없었다.

당장 머릿속에 떠오르는 생각이 많지만 현실적으로 실현 가능성이 있는 것은 단 하나뿐.

그것마저도 도박에 가까운 수다.

"사부님을 뵈어야 하겠어."

마음의 결정을 내린 것과 동시 장양운이 움직인다.

어차피 방법이 없는 것이라면 조금이라도 빨리 움직이는 것이 낫다는 것이 그의 생각이었다.

그날 저녁.

교주의 집무실에 사제지간 세 사람이 마주 앉았다.

"그래, 할 말이 있다고?"

편안한 음성으로 웃으며 말하는 교주를 보며 순간 공포심이 들었지만 장양운은 재빨리 그런 기색을 지우며 입을 열었다.

"일전 사부님께서 말씀하시길 후계를 정해두는 것이 좋다 하지 않으셨습니까?"

"그랬지."

"솔직히 말해서 그 자리에 욕심이 생기지 않는 것은 아닙니다만, 지금으로선 제가 사형의 상대가 되지 않는 것도 사실입니다."

"그래서?"

"중원을 향한 대계가 멈춰있는 상황에서 굳이 후계 싸움으로 내부 다툼을 할 필요가 없다고 봅니다."

"서론이 길구나."

말은 그리하지만 교주의 눈은 장양운에게서 떨어지지 않고 있었다. 분명 그의 시선엔 호기심이 가득 실려 있다.

잠시 호흡을 가다듬은 그가 말했다.

"후계 자리를 포기하겠습니다."

"음?"

갑작스런 장양운의 말에 교주의 시선이 흥미로워졌고, 곁에서 듣고만 있던 단목성원의 고개가 빠르게 돌아간다.

설마하니 이 자리에서 이런 선언을 할 줄은 몰랐던 것이다.

잘 해봐야 후계 결정전을 미루거나, 자신에게 좀 유리한 쪽으로 바꾸려고 시도하려 하겠거니 했었다.

'무슨 생각이냐?'

단목성원은 장양운의 말을 곧이곧대로 믿지 않았다.

한 자리를 걸고 피하지 않고 싸우던 놈이 갑작스레 물러선다는 것 자체가 믿을 수 없는 일이니까.

그런 단목성원의 시선을 받으며 장양운은 계속해서 입을 연다.

"후계를 사형으로 확실하게 하여, 후계 다툼으로 인해 벌어질 내부의 혼란을 미리 수습하여 차라리 후계 선정에 들어갈 시간과 힘을 중원 정벌에 쏟아 붙는 편이 나을 것이라 생각했습니다."

"대계를 다시 움직이려는 것이냐?"

"아닙니다. 대계는 제자의 눈으로 봤을 때 이미 완벽하게 망가져버렸습니다. 그것을 복구하기 위해 손을 대기 시작한다면 대업은 수십 년은 미루어지게 될 것이 뻔합니다."

"그래서?"

이젠 호기심을 넘어 교주의 눈엔 냉정함만이 가득하다.

다른 것도 아니고 자신의 후계자리와 중원 정벌을 이야기하는 만큼 그 역시 진지하게 들을 필요가 있는 것이다.

"이젠 때가 되었다고 봅니다."

"…중원으로 가자는 것이냐?"

교주의 물음에 장양운은 당당히 고개를 끄덕였다.

"예! 일월신교의 진정한 모습을 중원 놈들에게 보여줄 때가 되었다 생각합니다. 비록 대계는 망가졌으나 덕분에 중원에 대한 많은 정보를 얻을 수 있었습니다. 중원은 더 이상 본교의 상대가 될 수 없습니다."

"확신을 하고 있는 것이로구나."

"중원은 결코 본교의 상대가 되지 못합니다. 정도맹과 사황련이란 단체가 생겨나 힘을 모으고 있는 편이지만, 그것이 진정한 힘을 내기 위해선 시간을 필요로 합니다."

"놈들의 상처가 낫기 전에 치자는 것이냐? 자칫 우리의 존재가 놈들을 하나로 묶을 수 있다곤 생각지 않느냐?"

교주의 물음에 장양운은 눈을 빛내며 당당히 답했다.

"놈들은 결코 하나가 될 수 없을 것입니다. 비록 대계는 중단되었으나 중원에 심어 놓은 본교의 씨앗까지 사라진 것은 아닙니다. 그들을 적극적으로 이용한다면… 중원 무림은 하나가 되지 못할 겁니다."

기나긴 장양운의 말이 끝나자 교주는 만족스런 얼굴로 웃었다.

그리고 단목성원을 바라본다.

"네 생각은 어떠냐?"

"나쁘지 않다고 봅니다."

'무슨 생각을 하는 것인지는 모르겠지만, 일단은 어울려 주마. 당장의 위기를 모면할 생각으로 후계 자리를 포기한 것을 평생에 걸쳐 후회하게 만들어주마.'

단목성원은 속으로 웃었다.

당장 놈이 무슨 생각인지 모르겠지만 한 번 후계의 자리에 오른 이상 그 자리에서 내려올 생각은 조금도 없었다.

아니, 어지간한 실수를 하더라도 일단 후계라는 자리가 굳어지면 놈이 어떠한 수를 쓰더라도 바꿀 수 없을 것이다.

다른 모든 것을 떠나.

후계를 정하고 선포한 교주의 체면을 생각하더라도 주변에서 받아들이지 않을 것이었다.

그렇기에 단목성원은 장양운의 계획에 동의했다.

후계로서 어울리는 힘을 모두에게 보여 줄 수 있는 기회라고도 할 수 있으니까.

중원으로 간다는 것은 곧 일월신교의 힘을 보여준다는 뜻이니 말이다.

"당장 움직이기는 어렵겠습니다만, 오랜 시간 준비를 해왔던 만큼 금방 채비를 마칠 수 있을 것이라 생각합니다."

"그래, 네 생각도 그렇다면 괜찮겠지. 후후후."

웃으며 자리에서 일어서는 교주.

사실 교주 역시 대계는 다시 시도 할 수 없음을 알고 있었다. 폐관에 들었던 동안의 보고를 받아 상황을 완벽하게 파악한 것이다.

그런 그가 내린 결론은 놀랍게도 장양운의 의견과 일치했다.

더 이상 숨을 필요 없이 모습을 드러내고 중원 무림을 쓸어버리는 것.

오랜 시간 대계를 준비하고 덫을 놓았던 것은 최대한 일월신교의 피해를 줄이고 무림을 정벌하기 위함이었지만, 이젠 아무래도 상관없었다.

대계를 준비 할 때보다 신교는 몇 배는 더 강해졌고, 이젠 중원 무림을 압도 한다 할 수도 있었다.

적절한 희생을 통해 무림을 손에 넣을 수 있다면, 이젠 그것도 나쁘지 않다고 판단한 것이다.

"그래, 움직일 것이라면 질질 시간을 끌고 있을 필요는 없겠지."

교주의 승낙이 떨어졌다.

겉으론 아무렇지 않은 척 했지만 장양운은 속으로 희열을 느끼고 있었다.

자신이 의도했던 대로 완벽하게 이루어지고 있었다.

놈에게 후계자리를 넘기고 자신은 시간을 번다. 시간을 번다는 것은 곧 자신과 지각이 더 강해질 수 있다는 뜻이다.

당장 후계자리를 포기한다는 것은 장양운으로서도 꽤 큰 도박이었다. 한 번 넘어간 자리를 되찾는 것은 결코 쉬운 일이 아니니까.

하지만 반드시 후계자리가 자신에게 돌아올 것이라 확신하는 장양운이었다.

'살아있다면 놈에게서 후계 자리를 뺏을 수 없겠지만, 죽는다면 말이 틀리지. 유일한 후계자는 나 밖에 남질 않게 되는 것이니까.'

장양운은 당장이 아니라 길게 놓고 보기로 했다.

당장 놈이 앞서가면 어떠한가? 최종적으로 승자가 될 수만 있다면 되는 것이 아니겠는가.

그 과정에서 놈이 죽으면 더 좋은 것이고.

"후계자리는 사형에게 양보를 하겠습니다. 대신 중원정벌의 선두에 절 세워 주십시오. 대계를 실패한 책임을 이번 기회에 만회하고 싶습니다."

"호… 자신 있느냐?"

"예!"

당당한 대답에 교주는 단목성원이 뭐라 입을 열기도 전에 고개를 끄덕였다.

"좋다. 기회를 주마. 실망시키지 않는 것이 좋을 것이야."

"감사합니다!"

고개 숙여 대답하는 장양운의 얼굴에 미소가 떠오른다.

"도련님 무서운 분이시로군요. 시간을 벌기 위해 당장의 이득을 포기하고 더 큰 것을 노리시다니."

그는 자리에 앉아 묘한 얼굴로 장양운을 본다.

그 시선에 장양운은 피식 웃으며 찻잔을 내려놓았다.

"결국 마지막에 자리를 차지하는 사람이 승자지. 지금에 연연할 필요 없이 말이야. 어차피… 시간은 내 편이니까."

"그렇기야 하지요. 그래도 큰 도련님 역시 보통 분은 아니시니 조심하는 것이 좋을 겁니다."

"알고 있어. 만만하게 볼 생각도 없고. 애초에 만만하게 생각할 상대였다면 내가 물러설 필요도 없었겠지."

당연하다는 반응에 그는 웃으며 물었다.

"역시 살려두실 생각이 아닌 모양이로군요."

"후환은 남겨두지 않는 편이 제일이지."

"그 편이 제일이긴 합니다만, 쉽지는 않을 겁니다. 결국 중원 무림인이 큰 도련님을 어찌해야 한다는 것인데, 그럴 만한 인물이… 아! 설마?"

그제야 한 사람을 떠올린 그가 눈을 크게 뜨며 장양운을 보았고, 그 시선에 장양운은 크게 웃었다.

"아하하하! 맞아! 난 놈을 이용할 거야. 놈의 무서운 성장 속도를 생각하면… 꽤 재미있는 싸움이 되지 않을까?"

살기 가득한 눈을 보이는 장양운을 보며 그는 허탈하게 웃었다. 설마 벌써 거기까지 생각하고 있을 줄은 몰랐다.

하지만 다시 떠올려보면 처음부터 장양운은 계획하고 있었던 것이 분명했다.

그리고 그것이 그를 소름 돋게 만들었다.

'어쩌면… 내 생각보다 도련님은 위험한 분일지도 모르겠어.'

섬서에서 있었던 소수마녀와 관련된 이야기는 화산파가 씻을 수 없는 치욕을 입는 것으로 끝나 했다.

매화검수의 태반을 잃었다는 것만으로도 화산으로선 큰 치욕을 입은 것이나 마찬가지인데, 상대를 죽인 것도 아니고 놓쳤다는 것이 더 문제였다.

이에 화산파에선 장문령을 내려 화산의 모든 것을 동원하여 복수를 하려 했으나, 그에 제동을 걸고 나선 것은.

바로 정도맹이었다.

복수를 돕고 나서도 부족할 정도맹이 화산파의 복수를 막아선 것이다.

하지만 더 놀라운 것은 화산파가 이를 받아들였다는 것이었다.

이를 놓고 무림에서 잠시간 각종 이야기가 흘러 나왔으나, 말처럼 아주 잠시간이었다.

곧 들려온 폭풍과도 같은 소문이 무림을 덮쳤으니까.

북해빙궁이 움직인다!

그 짧은 말에 무림 전체가 혼란에 빠져들기 시작했다.

바로 얼마 전의 밀교에 이어 또 한 번 세외의 세력이 움직이기 시작한 것이다.

심지어 오랜 세월 조금의 활동도 없었던 북해빙궁이 말이다.

북해의 주인이자 빙공의 대가인 그들.

비록 오랜 세월 중원과 인연이 없었지만, 한 번 중원을 향해 움직일 때마다 어마어마한 피해를 입히곤 했던 그들.

중원의 무공과 그 궤를 달리하는 강렬한 빙공은 쉽게 막을 수 있는 것이 아니었다.

너무 오래된 이야기라 이젠 전설처럼 떠돌던 북해빙궁이 움직인다는 소리에 처음엔 거짓이라 생각했지만 곧 이어지는 소식에 진짜 그들이 움직이고 있음을 알 수 있었다.

상인들이 북해인들과의 거래를 성사시키지 못하고 돌아온 것이다.

북해서 나는 각종 모피와 물건을 건네받고, 그들에게 부족한 식량 등으로 교환을 정기적으로 하곤 했는데 얼마 전부터 이상하다 싶더니 일방적으로 거래를 파기한 것이다.

사실 여기까진 상인들 간의 거래이니 그러려니 할 수도 있다.

문제는 북해빙궁이 움직인다는 소문이 들리고 난 뒤의 일이라는 것.

과거 북해빙궁이 중원으로 올 때면.

항상 같은 일이 벌어지곤 했었기에 유난히 민감히 반응을 한 것이다.

마침내 북쪽 변방에 거대한 깃발을 휘날리며 북해빙궁의 무인들이 모습을 드러냈을 때.

중원 무림은 실감 할 수 있었다.

진짜 북해빙궁이 다시 나타났다는 것을.

일만에 조금 미치지 못하는 구천에 이르는 북해의 무인들. 하나 같이 강인한 얼굴과 듬직한 몸을 지닌 그들에게선 야생의 기운이 거침없이 풍겨져 나온다.

곳곳에 내걸린 북해빙궁의 깃발.

휘날리는 깃발을 보며 감동에 젖은 한 사내가 있음이니 바로 얼마 전 양소진을 구해간 사내였다.

"내 눈으로 중원에서 휘날리는 본궁의 깃발을 보게 될 줄이야."

"이제 시작에 불과할 따름인데, 벌써부터 그러면 곤란해."

"궁주님을 뵙습니다!"

뒤에서 들려오는 목소리에 재빨리 뒤돌아서며 무릎 꿇는 그.

"너무 그렇게 딱딱하게 나오면 섭섭해."

"궁주님께 어찌 무례를 저지르겠습니까! 궁주님께서 절 편하게 대해주시는 것은 감사하오나, 그로 인해 기강이 흐트러질 수도 있는 문제라 생각합니다."

"뭐… 그것도 염경 네 모습이라면 모습이겠지."

쓰게 웃으며 사내 염경에게 다가선 것은 하얀 궁장을 입은 아름다운 여인이었다.

틀어 올린 머리가 단아하게 잘 어울리는 미녀.

겉모습과 달리 그녀는 북해 최강의 무인이자, 북해빙궁의 정점.

즉, 북해빙궁주였다.

북해빙궁주 빙백후(氷魄后) 단가경.

북해빙궁 역사상 최초의 여궁주이자, 역대 최연소 궁주

이기도 했다.

그럼에도 불구하고 내부에선 아무런 반발이 없었다.

당연했다.

오직 자신의 능력을 증명해야만 살아남는 혹한의 대지 북해. 그 위에 선 북해빙궁 역시 북해의 법칙을 지키며 살아간다.

그렇기에 북해빙궁 최강의 무인인 그녀가 지존의 자리에 올라서는 것에 누구하나 반대하지 않았다.

더욱이 그녀의 실력은 역대 궁주들 중에서도 최강으로 손꼽히지 않는가.

그 자신감을 바탕으로 오랜 침묵에서 깨어난 북해빙궁이 남진을 시작한 것이다.

깊은 밤이라 곳곳에 쳐 놓은 천막과 만약을 대비한 경계를 서는 무인들이 쉬지 않고 움직인다.

"아직은 준비가 덜 됐는데…."

"어쩔 수 없는 일이었습니다. 이대로라면 북해 주민 전체가 죽을 수도 있습니다."

염경의 말에 그녀는 고개를 끄덕이면서도 아쉬움을 감추지 못했다.

그녀가 궁주의 자리에 오르고 채 일 년이 되기도 전에 북해빙궁은 서두르다 시피 중원으로 향할 수밖에 없었다.

이유는 단 하나.

북해 주민들을 굶어 죽일 수 없었기 때문이다.

빙궁에 재화가 그득했다면 돈을 주고 식량을 중원에서 구입했겠지만, 오랜 세월 침묵을 지킨 빙궁에 무슨 돈이 있겠는가.

게다가 중원 상인들의 장난질이 심해지며 제 값어치를 인정받지 못하는 일이 빈번하게 벌어지며 북해인들의 감정 역시 좋지 않아졌다.

그런 와중에 몇 년 째 북해에 몰아친 추위는 단련된 북해인들 조차 움츠러들게 만들었고.

결국 굶어죽는 자들이 속출했다.

이 모든 것을 한 번에 해결하기 위해 가장 좋은 방법.

바로 전쟁이었다.

중원 무림을 상대로 싸움을 하고 그 과정에서 막대한 재물과 식량을 공수하여 북해로 보낸다.

그것을 바탕으로 북해인들의 배를 불린다.

오직 살아남기 위해 중원 무림을 치려는 것이다.

그동안 북해빙궁이 중원으로 움직였던 것은 여러 이유가 있었지만 이번엔 살기 위해 싸움을 벌이고 있었다.

문제는 그녀가 생각했을 때 북해빙궁은 아직 준비가 덜 되었다는 것이다.

최소한 1만의 무인을 확보하고 움직이고 싶었는데, 상황이 급박하게 돌아가다 보니 그럴 수가 없었다.

얼마 차이가 나지 않는 숫자지만 그 숫자가 북해빙궁의 미래를 결정 할 수도 있음을 그녀는 잘 알고 있었다.

"너무 걱정하지 마십시오. 다 잘될 것입니다. 얼마 전 화산의 매화검수들과 잠시 어울려 봤지만, 그리 어렵지 않은 상대들이었습니다. 본궁의 무인들은 강합니다. 충분히 원하는 목적을 이룰 수 있을 것이라 생각합니다."

"그러면 좋겠네. 정말로."

돌려서 자신을 위로하는 염경을 보며 그녀는 웃지 않을 수 없었다.

이러니저러니 해도 결국 자신의 마음을 가장 잘 알아주는 소꿉친구다.

"부족하지만 일단 움직이기 시작한 이상 어쩔 수 없겠지. 살아남기 위해서라도 최선을 다하는 수밖에. 항상 완벽한 상태에서 움직일 순 없는 일이니까."

"그렇습니다. 더욱이 중원 전체가 목표가 아닌 이상, 큰 문제는 없을 겁니다. 반발이 없잖아 있긴 하겠지만 그 정도는 무시 할 수 있을 것이고, 무림보단 관에서 움직이는 것을 더 경계해야 할지도 모릅니다."

"그래도 어쩔 수 없어. 우린 살아남아야 하니까."

그 말을 끝으로 더 이상의 대화는 없었다.

하지만 분명 한 것은 북해의 미래를 위해서라도 중원을 향해 움직일 수밖에 없다는 것이다.

바쁘게 움직이는 집무실의 사람들 틈에서 파세경은 마지막에 마지막까지 서류를 살피다 마음의 결정을 내렸다.

"태연아."

"네."

"지금 즉시 지급으로 감숙, 섬서, 사천 동, 북부쪽 인원을 전부 철수시키고 그곳에 있는 물건들 역시 최대한 내릴 수 있는 만큼 내리고, 안 되는 것들은 숨겨두라고 전해."

"네!"

다다다.

파세경의 명령이 떨어지자 빠르게 움직이는 기태연.

밀교 무리에 다시 잡혀갔다온 직후엔 기운이 없었지만 며칠 시간이 흐르자 이전과 같은 모습을 보이는 그녀가 대견했지만 그것을 칭찬할 틈도 없었다.

폭발적으로 성장하고 있는 천탑상회는 고질병처럼 고급인력이 부족했다.

이는 다른 상회에서 인력을 내주지 않으려는 것도 있지만, 실력있는 자들이 천탑상회로 오지 않으려 하기 때문이기도 했다.

남궁과 모용세가 등의 인정을 받았다곤 하지만 아직도 천탑상회를 믿지 못하는 사람이 적지 않았다.

게다가 상회에서 일을 했던 사람치고 대막상인들에 대한 경계심이 없는 자들이 없다보니 더더욱 사람을 구하기가 힘들었다.

그나마 천탑상회가 중원에 뿌리를 내리기 시작하면서 아직 상계에 발을 들이지 않은 자들 중 쓸 만한 자들을 추리고는 있지만 아직 부족한 부분이 많았다.

그들이 중추적인 세력으로 자라기 위해선 경험을 쌓을 시간을 필요로 했다.

시간을 벌고, 경험을 전수하기 위해선 역시 경험있는 자들이 필요했고.

덕분에 파세경의 하루는 정말 눈 돌아가게 바빴다.

천재라 불리는 그 환상적인 실력이 아니었다면 천탑상회는 뿌리를 내리기도 전에 스스로 자멸했을 지도 몰랐다.

그런 그녀의 압도적인 업무처리 능력으로 인해 확실히 좋은 것은 천탑상회 전체가 파세경의 의지에 따라 확실히 움직여 준다는 것.

갑작스레 철수 명령을 내려도 한 치의 의심도 없이 그대로 따를 정도로 말이다.

자리에서 일어난 그녀가 벽에 걸린 거대한 중원 지도를 향한다.

지도 곳곳에 박혀 있는 작은 깃발.

천탑상회의 지부를 가리키는 것들인데, 파세경은 거침없이 감숙과 섬서. 그리고 사천성 동, 북부의 것들을 뽑아 버렸다.

"다른 지부에 연락해서 최대한 이쪽 지부들 인원을 받아들이도록 하고, 업무 역시 분담처리 하도록 해. 당분간 이쪽은 아예 손해를 볼 것이라고 가정하고."

"예!"

그녀의 말에 일제히 대답하는 사람들.

'하필 이럴 때 북해빙궁이 움직이다니. 쓸데 없는 욕심이 화를 불렀어.'

이 모든 조취는 북해빙궁의 남하로부터 시작된 것이었다. 그리고 그들이 이렇게 남하하는 이유를 파세경은 아주 잘 알고 있었다.

고질적인 북해의 식량부족과 중원 상인들의 과한 욕심.

유례없는 북해의 강추위까지.

여러 원인들이 하나로 뭉쳐 결국 잠들어 있던 거인을 깨워버린 것이다.

북해빙궁에 대해 파세경은 꽤나 자세히 알고 있었는데, 그것은 그녀가 대막 출신이기 때문이었다.

과거 대막과 북해가 손을 잡고 무림을 침공했던 적이 있었는데, 그때 남겨진 기록들을 꽤나 많이 접할 수 있었던 것이다.

'다행이라면 이 선을 넘지는 않을 것 같다는 건가?'

눈으로 가상의 선을 그리는 파세경.

그녀가 그은 선은 정확히 방금 전 뽑아버린 깃발들이 있는 곳이었다.

무림인도 아닌 그녀가 이렇게 단정 할 수 있는 것은 이번에 북해빙궁이 움직인 것이 북해가 살아남기 위해서라는 것을 알기 때문이었다.

중원 무림에서 어떻게 생각할지는 모르겠지만 말이다.

"준비들 해줘. 난 저쪽에 다녀올 테니."

"네!"

그녀들의 대답을 뒤로하고 파세경은 집무실을 나섰다. 그리고 몇 개의 건물을 지나쳐 도착한 곳은 암문의 중심.

휘의 집무실이었다.

밀교가 물러서고 나서도 파세경은 아직 암문을 떠나지 않고 있었다.

여러 이유가 있겠지만 가장 중요한 것은 무림의 정세가 시시각각 변하고 있기 때문이었다.

굳이 움직이기 보다는 이곳에서 일처리를 하고, 이야기를 주고받으며 앞으로의 일을 결정하는 편이 시간을 줄일 수 있다고 판단한 것이다.

그 결정은 옳았다.

지금처럼 필요할 때마다 바로 이야기를 주고받을 수

있으니 말이다.

"그러니까 이번 일에는 일월신교와 관련이 없다는 것이
지?"

"네. 그들보다는 중원 상인들의 과한 욕심이 불러온 화
라고 보는 것이 옳을 것 같아요."

그녀의 말에 휘는 턱을 쓰다듬으며 고민에 빠졌다.

사실 정도맹으로부터 북해빙궁과의 일전에 도움을 달라
는 요청이 들어온 것이 바로 전날이었다.

암문뿐만 아니라 정도맹과 관련이 있는 문파라면 한곳도
빠짐없이 날아갔을 요청.

얼마 전의 일도 있고 하니 그들의 요청을 거절해도 되는
상황이라 어찌할까 고민이었는데, 파세경의 말을 듣고 보
니 고민할 필요가 없어졌다.

"굳이 이번 일에 신경을 쓸 필요는 없겠네."

"그리 생각해주시면 감사하고요. 우선 철수하는 쪽에 도
움을 좀 주셨으면 해요. 아무래도 갑작스런 철수이니 만큼
이런저런 날 파리들이 꼬일 확률이 높아서요."

"그거라면 얼마든지. 그런데 말이야. 단순히 식량 문제
라면 돈을 주고 사서 북해에 가져다주는 것만으로 이번 일
을 해결할 수 있지 않을까? 우리가 움직이지 않는 것은 좋
은 일이지만, 중원 무림의 전력이 깎이는 것도 달갑지만은
않아서 말이야."

"이미 감정의 골이 깊은 상황이라 그렇게 진행을 한다 하더라도 좋은 결과를 얻진 못할 거예요. 반대로 반발을 살 수도 있고요."

"감정의 골인가…."

쓰게 웃는 휘.

북해빙궁은 북해를 대표하는 문파이자, 북해 그 자체나 마찬가지인 곳.

그들이 살기 위해 움직였다.

움직이기 전에 여러 차례에 걸쳐 협상을 했겠지만, 모조리 실패로 끝났을 것이 분명하다. 그렇지 않고서야 움직일 리 없으니까.

협상 과정에서 이런저런 소리를 들었을 것은 분명하고.

"결국 그들을 멈출 명분이 부족하다는 거네."

"아무래도요. 지금으로선 발을 뺄 수 있을 때 최대한 빼 놓고, 물러나길 기다리는 수밖에 없는 것 같아요."

고개를 끄덕이는 휘를 보며 빙긋 웃은 파세경이 자리에서 일어섰다.

아직 그녀가 해야 하는 일이 산더미처럼 쌓여 있었다.

파세경이 자리를 뜨고도 휘는 일어서지 않았다.

"꽤나… 많은 게 달라져 버렸어."

이미 자신이 알고 있던 미래와는 많은 것이 달라졌지만, 이젠 예측조차 할 수 없었다.

그나마 자신이 기억하고 있는 인물들이 나온다는 것 정도가 이젠 휘가 취할 수 있는 전부.

지난 밀교에 이어 이번 북해빙궁까지.

전혀 생각지도 못했던 새로운 세력들이 연신 모습을 드러낸다.

정도맹의 빠른 결성이야 휘가 의도했던 것이라 하더라도, 사황련이란 사파 단체는 의외의 것.

기억에 없는 인물과 단체가 쉬지 않고 튀어 나온다.

'나 때문에 미래가 바뀌게 된 것인가?'

고민을 해보지만 답이 나올 리 없다.

애초에 자신이 다시 시간을 거슬러 돌아온 것 자체가 말도 되지 않는 일이지 않은가.

여기에 자신 역시 많은 부분이 바뀌었다.

'더 강한 힘을 얻었고, 암영들 이외의 동료들도 얻었다. 그 영향 때문인지 모르겠지만… 내 성격 역시.'

본인 스스로 인정을 할 정도로 휘의 성격은 많이 바뀌어져 있었다.

다시 시간을 거슬러 돌아왔을 때까지만 하더라도 세상을 적대시하고 일월신교에 복수하기 위해 세상 모든 것을 이용하려고 했었다.

헌데 지금은 어떠한가.

복수란 감정이 사라진 것은 아니다.

하지만 그보다 먼저 자신의 주변을 챙기고, 살피고 있는 자신을 볼 수 있었다.

신기한 것은 이것이 기분 나쁘지 않다는 것이다.

정말 신기할 정도로 말이다.

그렇다고 가장 중요한 것을 잊은 것도 아니었다.

다시 한 번 삶의 기회를 얻은 휘에게 있어 가장 중요한 것은 역시 자신을 이런 몸으로 만들고, 자유를 빼앗아 놈들의 인형으로 만든 놈들에 대한 복수였다.

"일월신교. 언제까지 숨어 있을 테냐."

휘는 기다리고 있었다.

놈들이 수면 위로 떠오르는 그 순간을 말이다.

暗獄在屋獄 63章

睛春歸運

63 章

밤이 늦도록 불이 꺼지지 않는 신묘의 집무실.

정도맹과 제갈세가 두 집안 살림을 하느라 정신없이 움직이는 와중이었지만 그는 오히려 시간이 갈수록 생기가 돌고 있었다.

과도한 업무가 몰려들고 있음에도 말이다.

사락, 사락.

정도맹에서 내보낸 협조 요청에 반응을 하는 문파는 9할에 가까웠다.

나머지 거절의 뜻을 전한 문파는 내부적인 상황이 좋지 않거나, 그 짧은 시간 동안 문파 자체가 사라져 버린 경우였다.

"역시 움직이지 않는 건가."

하지만 유독 하나의 문파에 그는 신경을 쓰고 있었는데 바로 암문이었다.

"가까워졌다 싶으면 멀어진 느낌이니, 어렵군. 사황련의 움직임도 신경 쓰이는 판국에."

암문의 정중한 거절이 담긴 서찰을 보며 쓰게 웃는 신묘.

그가 생각했을 때 암문의 존재는 정도맹이 여차 할 때 내보일 수 있는 비장의 한 수였다.

친우인 검제를 통해 들었지만 암문주는 드러나지 않은 절대고수 중의 하나.

낭중지추라 하여 얼마나 더 숨기고 있을 것인지 알 수 없지만 곧 무림 전체에 그의 이름이 퍼지는 것도 시간문제일 뿐이다.

그렇기에 더더욱 암문의 거절이 아쉽게만 다가온다.

암문은 정식으로 정도맹에 가입한 문파가 아니었다.

남궁을 비롯한 몇몇 문파로부터 인정을 받은 것은 사실이지만 그것이 정도맹의 가입으로 연결되진 않았다.

어느 정도 선을 유지하고 있되 깊이 개입하지 않으려는 모습이 눈에 보일 정도였다.

비단 신묘의 눈에만 보이는 것이 아니라, 암문에 불만을 터트리는 이들도 종종 있기는 했지만 그뿐이다.

암문 하나에 신경을 쓰기엔 정도맹의 덩치가 너무나

커져버린 것이다.

"덕분에 이제 와선 암문에 신경을 쓰고 있는 사람은 나밖에 없어졌긴 하지만."

이게 좋은 것인지, 나쁜 것인지 요량이 잡히지 않는다.

하지만 분명 한 것은 아직 암문은 어느 편도 아니라는 사실이었다.

뒤늦게 알긴 했지만 어느 사이에 사황련의 련주 사황과도 접촉을 했었다고 하니 말이다.

'정사중간의 문파를 지향하는 것인가? 지금 같은 시기엔 오히려 독이 될 수도 있음인데. 그것을 모르는 것 같진 않고… 역시 따로 노리는 것인 있는 것인가?'

고민해 보지만 신묘의 감각이 말해주고 있었다.

상황이 어쨌건 최소한 그가 적으로 돌아서는 일은 없을 것이라고 말이다.

"아쉽지만 일단 뒤로 하고. 당장 중요한 것은 북해빙궁이 왜 움직였냐는 것인데…."

신묘의 시선이 벽 곳을 차지하고 있는 중원지도를 향한다.

북해빙궁이 오랜 시간 움직이지 않았다곤 하지만 그들의 무서움에 대해서 잊혀진 것은 아니었다.

혹한의 대지에서 살아가는 자들인 만큼 죽음을 두려워하지 않고, 결코 물러서지 않는다.

빙궁 무인들 하나하나가 정예라 불릴 정도로 강인한 자들.

여기에 중원의 무공과 궤를 달리하는 빙공은 쉽사리 막아낼 수 없을 정도였다.

세외세력들 중 가장 중원과 마찰이 없었음에도 불구하고 가장 두려워하는 곳이 북해빙궁이겠는가.

"이번에도 쉽지 않은 싸움이 되겠어."

아직 신묘는 북해빙궁이 왜 남하하고 있는 것인지 파악하지 못하고 있었다.

이는 무림 대부분의 문파가 마찬가지였다.

이번 사태를 빨리 파악한 암문이 되려 이상한 것이라고 봐도 될 정도다.

무림과 상계는 그만큼 가깝기도 하지만 멀기도 하니까.

특히 북해와 거래를 하는 상인들의 경우 대형 상인들이 드물다보니 사태의 전파가 늦는 것도 있다.

"당장 감숙에서 저지선을 만들어야 하겠지만… 어렵겠지. 결국 섬서까지 와서야 제대로 된 저지선이 완성될 수 있으려나?"

머릿속으로 빠르게 계획을 세운 신묘가 자리에서 일어선다.

아직도 정도맹의 맹주는 정해지지 않았다. 이는 내부 갈등 문제도 있지만 맹주 자리를 맡을 자가 딱히 보이지 않았기 때문이다.

그나마 사람들에게 가장 인정을 받는 사람이 검제였는데, 맹주 자리를 거절해 오고 있었다.

"우선… 녀석을 끌어들여야 하겠지."

거절한다고 해서 포기할 신묘가 아니었다.

적어도 당장 정도맹을 이끌 사람은 그밖에 없다는 것이 신묘의 생각이었고, 그것이 중론이었다.

구파일방에서도 인정할 수 있는 자.

오대세가에서도 인정 할 수 있는 자.

무림 제일 고수를 뽑으라면 항상 수위를 다투는 것이 검제였다. 다른 사람들도 있지만 그들은 한 문파를 이끌어 본 경험이 부족한 자들.

정도맹이란 거대한 문파를 이끌어 가기엔 남궁세가를 이끌어본 경험이 있는 검제가 최적의 인물이었다.

물론 그 속내에 자신만 고생 할 수 없다는 신묘의 심술이 들어있기도 했지만 말이다.

❖

"이거 재미있게 돌아가네?"

북해빙궁의 남하 소식에 장양운은 웃었다.

그렇지 않아도 일월신교 전체의 방향이 자신에 의해 바뀌었다. 언제고 바뀔 사항이지만 자신이 나섬으로 인해 바뀌었다는 것은 훗날 큰 도움이 될 것이다.

여기에 북해빙궁이란 생각지도 못한 존재의 등장.

대계를 진행 중이었을 때라면 불필요한 존재의 등장이라며 불쾌해 했을 테지만 지금은 아니었다.

지금의 일월신교는 중원으로 나설 시기를 호시탐탐 노리고 있는 중이었다.

이런 와중에 북해빙궁이 중원 무림의 이목을 모아 준다면 이보다 좋을 수 없었다.

더욱이 일월신교가 중원으로 나서는 선두에 자신이 서게 될 것임을 상기시킨다면 이는 호재와 다를 것이 없다.

"좋은 기회야. 중원 무림의 이목이 북해빙궁에 쏠려 있는 사이 조용히 청해를 집어 삼키는 것으로… 대업을 시작할 수 있겠어."

북해빙궁이 움직이고 있는 감숙과 바로 옆인 곳이 청해이지만 오히려 덕분에 청해에 대한 주목도가 떨어질 것이 분명했다.

중원 무림이 눈치를 챘을 때는 이미 일월신교의 손에 청해가 들어오고 난 뒤일 것이다.

"중원에 교두보를 설치하는 일은 아주 중요하지. 그런 의미에서 청해도 그리 나쁘진 않아."

청해하면 중원에서 멀리 떨어져 있는 외곽으로 생각하는 자들이 많지만, 반대로 말하면 중원으로 향하는 길목이라 할 수도 있는 중요한 곳이다.

그렇기에 이곳을 손에 넣으면 중원으로 가는 길을 틀어막고 뜻대로 다룰 수 있었다.

여기에 감숙 역시 어렵지 않게 손에 넣을 수 있을 터다.

북해빙궁과 정도맹의 싸움으로 엉망이 되고 난 뒤일 테니까.

마치 하늘이 장양운에게 모든 운을 불어 넣는 것처럼 손도 대지 않았음에도 일이 척척 풀려간다.

"천운은 내 손에 있다."

작게 웃는 장양운.

이미 사부인 교주에게 선봉에 설 인원의 차출에 대한 모든 권한을 임명 받은 뒤였다.

누구를 데려가든, 어떻게 인원을 구성하든 그 모든 것이 장양운의 손에 달려 있었다.

많은 인원을 데리고 간다면 일은 쉽겠지만 그만큼 인정을 받기 어려울 것이고, 소수의 인원을 데려 간다면 일은 어렵겠지만 인정을 받을 수 있을 터다.

보통 어느 쪽을 선택 할 것이냐에 고민을 하겠지만 장양운은 이미 결정을 내린 상태였다.

"필요도 없는 인정 보다는 확실한 한방이 훗날을 위해서라도 필요한 상황이지. 일월천. 이 세 곳이면… 충분해."

장양운은 일각, 월각, 천각의 오각 중 무려 세 곳을 동원할 계획이었다.

그들이라면 청해를 손에 넣는 것은 어렵지 않은 일.

그보다 더한 일을 시키더라도 충분히 해낼 여력이 있지만, 일단 청해가 먼저였다.

"불만이 쌓이겠지만 그것 또한 나쁘진 않겠지. 일단 청해를 완전히 손에 쥔 이후. 하나씩, 하나씩 떼어 놓을 수 있는 절호의 기회니까."

청해를 손에 넣은 뒤에 일월신교의 본진이 옮겨오기 전까지 그들끼리 손을 잡고 드넓은 청해를 방어해야 한다.

다시 말해 한 곳에 뭉치질 못한다는 것.

"그 기회를 타… 하나 쯤 없어져도 나쁘지 않겠지. 내 동생이라면 그 정도는 어렵지 않겠지. 크크크!"

장양운은 단순히 청해를 손에 넣으려는 것이 아니었다.

손 쉽게 손에 넣고, 하는 김에 단목성원의 수족이라 할 수 있는 놈들을 쳐낸다.

그것도… 동생인 장양휘를 통해서.

자신에게 원한을 가지고 있는 놈이라면 자신의 등장과 함께 달려올 것이 뻔한 상황이니.

적절히 상황을 바꿔나간다면 충분히 가능한 일이었다.

누구보다 장양휘에 대해 잘 알고 있는 장양운이다.

"괴물은 괴물이 제압하는 것이 맞는 이야기지."

장양운의 얼굴 가득 미소가 감돈다.

❖

북해빙궁의 파괴력은 역시 어마어마했다.

도저히 그들의 앞을 막을 수 없었고, 가로 막은 문파는 하나 같이 박살이 나버렸다.

초토화.

감숙 전체가 순식간에 초토화되기 시작했고, 공동파에서 어떻게든 힘을 써보려 했지만.

막아내지 못하고 끝내 물러서야 했다.

정도맹의 정예들 역시 어떻게든 공동파를 중심으로 저지 선을 만들어 보려 했으나, 불가능했다.

일단 북해빙궁의 무인들의 숫자가 결코 적지 않았고, 그들의 무공이 중원의 것과 궤를 달리하다보니 쉽사리 막아 낼 수 없었다.

이런저런 복합적인 것들이 모이며 속절없이 물러서야 했고, 신묘가 예측했던 것처럼 섬서성에 도달하고 나서야 북해빙궁을 막아 낼 수 있었다.

아니, 정확하겐 그들이 먼저 멈춰 섰다.

북해빙궁은 무너트린 문파의 모든 것을 약탈했다.

돈이면 돈, 식량이면 식량.

다행히 사람에게 손을 대진 않았지만 반항하는 자라면 누구든 살려두지 않았다.

살기 위해서 죽인다.

북해의 법칙을 중원으로 가져온 것이다.

겨우 일만도 되지 않는 인원으로 한 달도 되지 않아 섬서를 초토화 해버린 그들의 실력에 중원은 경악해야 했다.

덕분에.

움직이지 않으려 했던 휘도 움직여야만 했다.

북해빙궁이 왜 움직이는 것인지 미리 파악하고 있었기에 정도맹이 어느 정도 피해를 입을 것이라 생각은 했지만, 그 정도가 너무 심했다.

이대로라면 일월신교와 싸울 인원이 부족하지 않을까 싶을 정도로 말이다.

겉으론 남궁과 모용세가의 요청 때문이었지만.

어쨌거나 그들의 요청이 있는 이상 휘도 외면 할 수만은 없었기에 겸사겸사 해서 움직였다.

암문 전체를 움직이기 보다는 휘 자신과 화령과 그녀가 이끄는 암영들만을 대동한 채로.

"자네 수하들은 볼 때마다 느끼는 것이지만 참 특이하군. 저렇게까지 은신술을 수련하기란 참 쉽지 않은 일인데 말일세. 그렇다고 개개인의 무공이 약한 것도 아니고."

"그럴만한 일이 있었으니까요."

검제 남궁세존의 물음에 휘는 쓰게 웃으며 답했다.

말을 타고 제법 빠른 속도로 이동을 하고 있는 남궁세가 무인들의 틈에 휘와 화령이 있었다.

그리고 제법 거리를 두고 암영들이 따르는 중이었고.

"그렇다 치더라도… 어지간한 살수들 보다 나은 수준이니. 에잉! 우리 쪽 놈들 중에 한 놈도 어째 눈치 채는 놈들이 없누?"

마음에 들지 않는다는 듯 수하들을 째려보는 검제.

사실 검제 정도 되니 암영들을 바로 알아보는 것이지, 다른 이들에겐 거의 불가능한 일이었다.

당연한 일이다.

이들과 무려 삼백 장 거리를 두고서 은밀하게 이동 중인데 그걸 잡아내는 사람이 무림에 몇이나 되겠는가.

삼백 장이면 은신술을 쓰지 않아도 어지간해선 찾아낼 수 없는 거다. 그런 거리를 무시 한 채 잡아 낼 수 있다는 것은 검제가 이미 인간의 영역을 벗어났음을 이야기하는 것과 다를 바 없었다.

"무림 누가 오더라도 암영의 기척을 이렇게 쉽게 잡아내는 사람은 몇 없을 겁니다."

"응? 그래? 그렇지? 내가 다 잘난 거지! 허허허!"

기다렸다는 듯 웃음을 터트리는 검제.

여전히 기분대로 움직이는 그를 보며 휘는 작게 웃은 뒤 입을 열었다.

"헌데 아무리 북해빙궁이 상대라곤 하지만 검제께서 나설 상황은 아닌 것 같습니다만?"

"음. 사실 난 놈들의 뒤에 일월신교가 있는 것은 아닌지 했네. 자네가 여유를 부리는 것을 보고선 아니라고 생각하긴 했지만. 말이 나온 김에 묻는 것이네만, 확실한가?"

"예. 북해빙궁의 뒤엔 일월신교가 있지 않습니다. 저들이 움직인 것은 미리 말씀드린 것처럼 생존을 위해섭니다."

"쯧! 욕심이 화를 불렀어. 괜한 화를!"

미리 이야기를 전해 들었음에도 불구하고 화가 나는 것인지 검제의 얼굴에 분노가 서린다.

당연한 일이었다.

상인들의 욕심이 결국 수많은 이들의 목숨을 앗아간 꼴이 되어버렸으니까.

심지어 일을 일으킨 장본인들은 모르는 척 돌아서기 바빴고.

"이번 일이 끝나고 나면 결코 놈들을 그냥 두지 않을 걸세!"

"쉽지 않을 겁니다. 무림에서 상계를 압박한다는 이야기가 대번에 나올 테니까요."

"흥! 지 놈들이 떠들어 댄다고 해서 달라질게 뭐가 있는가? 일단 해치우고 볼 일이지!"

흥분하는 검제를 보며 휘는 현 남궁세가주인 창궁검 남궁혁이 이 일로 인해 얼마나 뛰어다니게 될 것인지 상상조차 할 수 없었다.

그리고 매번 이런 사고를 치고서도 또 치려고 하는 검제도 대단하다 생각했고.

"어쨌거나 지금 중요한 것은 북해빙궁을 몰아내는 것이네. 그들의 사정이 어떠하든 저들이 벌이는 짓은 결코 정당한 짓이 아니지."

"물론입니다. 일방적으로 탓할 수는 없겠지만 저들이 하는 행위는 역시 문제가 많지요. 일단 저들을 다시 북해의 땅으로 돌려보낸 후에. 그 뒤를 논의하는 것이 낫다고 봅니다."

"음! 여러모로 신경을 써야 하겠지. 큰 일전을 앞두고 있는 상황에서 또 다른 적을 만든다는 것은 큰 부담이니까."

연신 고개를 끄덕이는 검제.

검제는 일월신교의 존재에 대해 완벽하게 믿고 있었다. 이는 휘가 믿음을 주었기 때문이기도 하지만 여러 일을 거치면서 놈들의 존재를 확인했기 때문이었다.

"사실 생각 같아선 정도맹주의 자리에 오르고 싶지만, 그럴 수 없는 것이 놈들이 어떤 꿍꿍이를 펼칠 것인지 확신할 수 없기 때문이네. 맹주의 자리가 얼핏 대단해 보이지만, 실제로는 발목 붙들기에 딱 좋은 자리니까. 여차 할 때

쉽게 움직일 수 없단 말이지."

"그래도 주변에선 꽤 성화이실 텐데요?"

"흥! 내가 알게 뭐야? 내가 하기 싫다는데 어떤 놈이? 어쨌거나 무림의 상황이 심상치 않아. 평화가 너무 길었던 탓인지 일 년도 되지 않아 대규모 싸움이 벌써 몇 번째야? 그나마 경험을 쌓는다는 측면에선 괜찮은 일이긴 하지만… 전력의 소모에 있어선 결코 환영할 일이 아니야."

검제의 말 대로였다.

백년에 한 번 있을까 말까인 해외 세력의 중원 침입에 벌써 두 번째.

아니, 아직도 숨어 있는 일월신교까지 생각하면 세 번이다.

평화가 길었던 만큼 그 반동 때문에라도 더 많은 피가 흐를 수도 있었다.

그렇게 북쪽으로 이동하는 동안 북해빙궁 역시 서서히 섬서를 향해 움직일 준비를 마치고 있었다.

"빙궁을 향해 입수한 식량과 재화를 올려 보내기 시작했습니다. 이를 위해 일천의 병력이 차출되었습니다."

"그동안의 희생은?"

"빙궁을 나설 때의 일원은 총원 구천사백삼십이 명이었으며, 감숙을 정리하는 동안 총 사백팔십이명의 사망자가 생겼으며 중상자 오십이 따로 있습니다. 중상자는 이번에 빙궁으로 이송을 하도록 조치했으며, 죽은 자들의 시신 역시 최대한 찾아서 궁으로 올려 보냈습니다."

"잘했어."

자신을 대신해 일을 처리한 염경에게 쓰게 웃으며 고개를 끄덕인 단가경이 자리에서 일어선다.

근방에서 제법 경치가 좋다는 객잔을 통으로 사용하고 있기에, 밖으로 보이는 모습이 나쁘지 않지만 익숙하지 않다.

온통 새하얀 눈과 푸른얼음으로 뒤덮인 빙백의 대지가 아른거린다.

중원에서도 감숙의 기후는 결코 좋다고 할 수 없지만, 혹한의 대지인 북해에서 살아온 빙궁 무인들에겐 이마저도 마치 여름처럼 느껴질 정도였다.

"덥네. 북해의 여름보다도."

"얼른 끝나고 돌아가야지요. 저 차가운 대지로."

다른 이들에겐 그저 혹한의 대지일 뿐이지만 이들에게 있어선 어머니의 품과 같은 곳.

과거 여러 번 중원을 침략하긴 했었으나 북해빙궁은 단 한 번도 북해를 버리고 떠난 적이 없었다.

북해야 말로 빙궁의 존재 의미가 있는 곳이며, 돌아가야 할 곳이니까.

"지금까지 확보한 양이면 최소 일 년은 버틸 수 있겠지?"

"일단은 그리 판단하고 있습니다. 예상했던 것보다 많은 양을 얻은 탓에 장로들 중엔 이대로 중원 무림과 충돌하기 보다는 돌아갈 것을 주장하는 자들도 있었습니다."

염경의 말에 단가경은 쓰게 웃었다.

자신도 욕심 같아선 그러고 싶지만 그럴 수가 없다.

이미 저 앞에 중원 무림의 초강자인 정도맹이 정예를 꾸려 대기중이라 들었다.

저들을 무시하고 등을 돌리기엔 그 위험부담이 결코 적지 않았다.

물로 빠져 나간다 하더라도 마찬가지.

저들이 북해까지 오지 않는다는 보장이 없다.

북해의 상황은 엉망.

아무리 빙궁의 힘이 북해에서 무적을 자랑한다지만 큰 희생을 치러야했고, 그리 되면 북해 주민을 지켜야 할 무인의 숫자가 확 줄어들게 된다.

빙궁으로선 이럴 수도, 저럴 수도 없는 처지가 되어버린 것이다.

결국 방법은 하나뿐이다.

눈앞의 적들을 물리치고 강력한 힘을 보여 준 후, 쉽사리 움직일 수 없도록 발을 묶어두는 것이다.

북해에 발을 딛을 생각도 할 수 없게끔.

'문제는 그게 쉽지 않다는 것이지만.'

"모두에게 전해. 싸움을 준비하라고. 딱 한 번. 정도맹과의 싸움에서 승리하고 북해로 돌아갈 것이라고."

"존명!"

정중히 고개를 숙인 염경이 밖으로 나간다.

명령을 내리고서도 그녀는 마음이 편치 않았다.

자신의 선택이 옳은 것인지 그녀는 항상 고민하고 또 고민했다.

북해의 수많은 이들의 목숨이 자신의 손에 걸려있기에 그녀는 한 번 움직일 때도 수많은 고민을 거쳐야만 했다.

"오늘 따라 어깨가 무겁네."

밖을 바라보며 쓰게 웃는 그녀.

똑똑똑.

스륵.

문을 두드림과 동시 자연스럽게 열리는 문.

그리고 양소진이 안으로 들어선다.

익숙한 듯 방 안으로 들어온 그녀는 단가경의 뒤편에 한쪽 무릎을 꿇었다.

"궁주님을 뵙습니다."

"너까지 그러지 마. 우리끼리 있을 때는 편안하게 대하라니까."

몸을 돌리며 소진을 향해 웃어 보이는 단가경.

그 모습에 소진도 웃으며 자리에서 일어섰다.

"워낙 심각한 얼굴을 하고 있어서 쉽게 대할 수 있어야지."

"그렇게 심각했어?"

"매일 그랬다간 금방 늙겠던데?"

"헉!"

깜짝 놀라며 숨을 들이키는 그녀를 보며 소진은 소리 내어 웃었다.

곧 장난이었다는 것을 안 단가경도 웃음을 터트린다.

비록 소진은 처음부터 빙궁의 아니, 북해의 사람은 아니었으나 지금에 이르러선 단가경에게 없어선 안 될 사람이었다.

그녀가 아니었다면 이런 식으로 웃고 있을 틈도 없었을 테니.

"다시 돌아보고 왔다며?"

"응. 가고 싶지 않았는데… 어쩌다보니."

쓰게 웃는 소진.

그녀는 빙궁이 감숙을 집어 삼킨 이후 자신이 복수행을 펼쳤던 곳을 다시 방문했다.

마치 처음부터 그랬었다는 듯 흔적도 없어진 그곳들.

어느 곳은 어느새 이전의 흔적을 지우고 새로운 세력이 들어와 살림을 차린 경우도 있었다.

"어땠어?"

"잘 모르겠어. 벌써 흔적이 없어진 곳도 있고, 새로운 세력이 들어온 곳도 있고. 당장 나에 대해 복수를 생각하는 곳도 있었지만… 솔직히 내가 잘 한 것인지는 모르겠어. 그땐 복수만 할 수 있다면 뭐든 할 수 있을 것 같았는데."

"괜찮아. 넌 잘한 거야. 그리고 이젠 뒤를 돌아보지 마. 언제고 그것이 네 발목을 잡을 수도 있으니까."

"응. 고마워."

그녀의 인사에 단가경은 씩 웃으며 소진을 가볍게 안아준다.

"약속대로 내가 복수를 하는데 네가 도움을 줬으니. 이젠 내가 지킬 차례야."

"굳이 신경 쓰지 않아도 되는데? 어차피 너 아니면 그걸 익힐 수 있는 사람도 없었고. 인연이 아니었다면 애초에 너도 익힐 수 없었을 거야."

단가경이 고개를 저었지만 소진은 작게 웃었다.

"괜찮아. 이건 내가 결정한 것이니까. 약속대로 난 네게 평생을 충성하겠어. 어차피 갈데도 없으니 네가 안받아주면 굶어 죽을 수밖에 없어."

반쯤 장난으로 이야기하는 그녀의 말에 단가경은 웃지 않을 수 없었다.

그리고 강하게 그녀를 안았다.

"고마워."

"됐어."

그렇게 마주 앉아 잠시간의 여유를 즐긴 두 사람이 거의 동시 자리에서 일어섰다.

동시.

똑똑똑.

문을 두드리는 소리와 함께 염경의 목소리가 밖에 들려온다.

"준비가 끝났습니다."

"그래. 가자."

재빨리 대답하는 단가경.

어느새 그녀의 어깨는 무척이나 가벼워져 있었다.

64 章

감숙과 섬서의 경계에 례천(禮泉)이라는 작은 도시가 있
다.

도시라고 부르기 어려울 정도로 규모는 크지 않고, 례천
을 대표할 만한 물품도 없다.

관도에서도 제법 떨어져 있어 사람이 오가는 것이 지극
이 작은 이곳과 멀지 않은 곳에 두 세력이 자리를 틀었다.

북해빙궁과 정도맹이었다.

작은 초원지대를 끼고 마주한 두 세력.

수풀이 무성하고 돌까지 많아 대규모로 움직이기 어려운
곳이지만, 어디까지나 군인들에게 해당 되는 것.

무인들에겐 이 정도 장애쯤은 아무것도 아니었다.

"기세가 만만치 않군."

멀리 보이는 북해빙궁 무인들을 보며 검제가 신음을 흘린다.

검제가 봤을 때 북해빙궁 무인들은 지금 이 자리에 모인 정도맹 무인들보다 실력적으로 뛰어나면 뛰어났지, 결코 부족한 자들이 아니었다.

그나마 정도맹이 유리한 것이 있다면 수적 우위가 확실하다는 것 정도다.

여기에 북해빙궁의 전력을 생각한다면 어느 정도 희생을 입으면 물러설 확률이 매우 높았다.

스스로 자멸하고 싶지 않다면 말이다.

"아무리 살기 위해서라도 자신이 없다면 나서지 않았을 겁니다."

휘의 말에 검제도 동의했다.

"흠… 이대로 붙는다면 제법 희생이 크겠지?"

"아무래도 그렇겠지요. 설마 직접 나서실 생각이십니까?"

"희생을 치르지 않고 놈들을 물릴 수 있는 기회이니까. 다만 문제가 있다면… 저쪽이겠지."

턱을 들어 가리킨 곳엔 화산의 무인들이 잔뜩 집결해 있었다.

흉흉한 살기를 거침없이 드러내고 있는 것이 놈들이 자신들의 먹잇감임을 확실히 하고 있었다.

정도맹이 개입하는 것은 어쩔 수 없지만, 자신들의 손으로 복수를 마무리하는 것을 잊지 않았다는 뜻도 되리라.

다시 말해 주변에 무언의 뜻을 밝힌 것이다.

이 일을 화산의 뜻대로 해결 할 수 있게 해달라고.

아무리 검제라 하더라도 저런 화산을 무시하고 움직일 순 없는 일이었다.

자칫 화산과 남궁세가의 싸움으로 번질 수도 있고, 그것이 원인이 되어 정도맹 전체의 내분으로 이어질 수도 있는 일인 것이다.

이전이라면 조금도 개의치 않았겠지만, 일월신교란 거대한 적이 언제 나올지도 모르는 상황이라 참을 수밖에 없었다.

한편 휘 역시 화산 무인들을 보았지만 별 다른 생각은 없었다.

제법 기세가 대단한 것은 사실이지만 자세히 뜯어보니 화산의 정예라 할 수 있는 매화검수도 빠져있고, 그 외에도 많은 화산 무인들이 뒤편에 있었다.

전면에 나서서 살기를 내뿜고 있는 것은 대부분 속가제자들인 것이다.

'나서지 않을 생각인가… 아니면 참을 생각인가?'

잠시 고민하지만 휘는 곧 생각을 털어냈다.

자신이 머리를 굴린다고 해서 무슨 상관이겠는가. 움직일 것이라면 움직이고, 그렇지 않다면 그뿐이다.

어차피 저들이 무리해서 움직이지 않는다면 휘도 개입할 생각은 없었다.

만약 개입하게 된다면… 북해빙궁으로선 정말 끔찍한 일이 될 것이었다.

한편 화산 장문인 매화일검 장영문은 불만스런 얼굴로 옆에 선 신묘를 바라보고 있었다.

"이렇게까지 해야 하겠습니까? 화산의 복수는 화산의 손으로 이루어야 합니다."

"모르는 바가 아닙니다. 하지만 지금은 대의를 위해 참아야만 할 때입니다. 당장 북해빙궁을 화산 단독으로 상대할 수 있는 것도 아니지 않습니까?"

"화산의 힘을 얕보는 것입니까, 군사?"

얼굴을 일그러트리는 그를 보며 신묘는 속으로 한숨을 내쉬지만 겉으론 웃으며 말했다.

"설마 그러하겠습니까? 화산의 능력이야 이미 무림에 널리 알려진 사실이지 않습니까? 다만 우려하는 것은 북해빙궁으로 이 싸움이 끝날 것 같지 않기 때문입니다."

"……."

이미 몇 번이고 이야기를 들었던 것이기에 화산 장문인은 입을 다문다.

그도 납득했기에 정예를 뒤로 돌린 것이지 그렇지 않았다면 벌써 싸움을 벌였을 것이다.

신묘가 아니고선 누구도 그를 설득 할 수 없었을 것이다.

"후… 어쨌든 본 파의 희생이 적지 않았음을 알아주길 바랄 뿐이오."

"물론입니다. 화산의 대의는 이 신묘가 죽는 그 순간까지도 잊지 않을 것입니다."

고개를 숙이는 신묘를 뒤로 하고 제자들이 있는 곳으로 사라지는 화산 장문인을 보며 신묘는 안도의 한숨을 내쉰다.

사실 이런 저런 이야기들이 오갔지만 핵심은 결국 화산에 더 많은 권력을 몰아주는 것이었다.

정도맹에 집중된 권력의 일부를 화산에 나누어 주는 것으로 저들이 움직이는 것을 막은 것이다.

제자들의 희생은 안타까운 일이지만 화산으로서도 얻을 것은 얻어야. 다른 제자들에게 할 이야기가 있을 테니까.

더욱이 북해빙궁은 제 아무리 화산이라 하더라도 단독으로 상대하기 어려운 곳이니, 적절히 실리를 챙기면서도 이번 싸움을 통해 간접적인 복수까지 해낸다.

'무인이 아니나 너구리가 따로 없군. 얻을 것은 전부 얻어가고 손해 보는 것은 거의 없었으니. 아니, 손해는 있었나?'

이미 죽어버린 매화검수가 화산이 손해 본 유일한 것일 테다.

제자들의 죽음을 권력으로 대신한다.

사실 말도 안 되는 일이지만 버젓이 벌어지고 있는 일이기도 했다.

설마하면서도 제안했던 것인데 이렇게 쉽게 받아들일 줄도 몰랐고 말이다.

오늘따라 유난히 입 안이 쓰게 느껴진다.

"족히 이만은 넘어 보이네."

단가령의 말에 그녀의 앞으로 늘어선 장로들의 얼굴이 잠시나마 굳어지지만 그뿐이었다.

"숫자만 많은 중원 놈들 따윈 두렵지 않습니다. 다만 정도맹이 이렇게 빠르게 대응을 하고 나선 이상, 감숙의 물자를 북해로 옮기는 동안의 시간을 버는 것에 주력해야 할 것 같습니다. 계획했던 섬서로의 진격은 포기해야 할 듯 합니다."

장로들 중 한 사람의 말에 그녀는 고개를 끄덕이며 동의했다.

생각보다 빠르게 정도맹이 움직였다.

특히 화산의 움직임이 아주 빨랐는데, 아무래도 소진의 일 때문일 것이었다.

염경의 보고에 따르면 그녀를 구출할 당시 화산의 자랑이라는 매화검수를 여럿 죽였다고 했었으니까.

다만 빠르게 움직인 것치곤 적극적으로 나서지 않는 것이 의아하긴 했지만 그건 그것 나름대로 빙궁에 나쁘지 않은 상황이기에 그녀는 크게 개의치 않았다.

"자신들 있나요?"

"하명을!"

그녀의 물음에 일제히 고개를 숙이는 빙궁의 무인들.

두 배가 넘는 차이가 있음에도 불구하고 누구하나 두려워하는 이가 없었다.

아차 하는 순간 목숨이 허무하게 사라지는 북해의 땅에서 자란 자들이다.

그런 자들 중에서도 고르고 고른 정예가 빙궁의 무인들이었기에 죽음을 두려워하는 자들은 없었다.

자신의 죽음이 밑거름이 되어 북해의 주민들이 배부르게 먹을 수 있다면 그것으로 만족할 사람들이 이들이었다.

"시작하죠."

"존명!"

그녀의 명령과 함께.

싸움이 시작되었다.

북해빙궁과 정도맹의 싸움이.

본래 빙공은 무림의 수많은 무공 갈래들 중에서도 극히 익히는 자가 드문 무공이었다.

음공과 달리 남자도 빙공을 익힐 수 있다곤 하지만 빙공을 수련함에 있어 극한의 추위를 견뎌내야 하는데, 그 과정이 결코 쉽지 않은데다.

수련을 할 장소도 중원에선 마땅치 않았기 때문이다.

덕분에 무림의 기나긴 역사 속에서도 빙공으로 무림의 정상에 올라선 이들을 찾아보기 어려울 정도였다.

적어도 중원인들 중에선.

빙공으로 무림의 정상에 올라선 것으로 꼽히는 이들은 하나 같이 북해의 무인.

북해무림의 정점이라 불리는 북해빙궁주 뿐이었다.

빙궁이 중원에 모습을 나타내는 경우가 극히 드물다 보니 빙공을 상대하는 방법을 중원 무림인들은 잘 모를 수밖에 없었다.

지금처럼 말이다.

쩌엉!

"크아아악!"

빙궁 무인의 주먹질을 아무렇지 않게 생각했다가 몸 안을 강렬하게 찌르는 냉기에 비명과 함께 쓰러지는 자들.

심한 경우엔 내부에서부터 시작하여 얼어 죽는 자들도 있었다.

빙공을 익힌 자들을 상대함에 있어 가장 유의해야 하는 것이 바로 빙기(氷氣)이지만 경험이 적다보니 그러질 못한 것이다.

이는 주먹이 아닌 무기를 부딪치는 자들에게도 해당되는 이야기였다.

무기가 부딪칠 때마다 몸이 덜덜 떨릴 정도로 강렬한 한기가 몸 전체에 전해지고 있었으니까.

"실력도 실력이지만 경험의 차이가 확실히 심하군."

"전혀 경험해보지 못했을 테니까요."

"임기응변으로라도 대응을 하면 좋을 텐데, 역시 평화가 너무 길었던 모양이야."

싸움이 벌어지는 뒤편에서 검제가 마음에 들지 않는다는 듯 혀를 찬다.

지금 선두에 서서 싸우고 있는 자들은 정도맹 소속이긴 하지만 중소문파의 무인들이었다.

즉, 진짜 정도맹의 정예 무인은 아닌 셈이다.

본래 신묘의 계획은 처음부터 확실하게 빙궁을 물리기 위해 정예를 투입하려 했지만, 의외로 중소문파의 반발 때문에 그럴 수가 없었다.

중소문파들은 이번 기회에 자신들의 힘을 보이고 정도맹 내에서 어느 정도 인정을 받을 수 있는 기회의 장으로 삼으려 했기 때문이다.

그들의 마음을 모르는 것은 아니지만 위험했기에 어떻게 든 신묘는 막으려 했지만, 그런 신묘를 제동하고 나선 것은 정도맹의 장로들이었다.

굳이 앞서 싸울 기회를 얻겠다는 그들을 물릴 필요가 있 겠냐는 것.

아무리 신묘가 정도맹의 군사라곤 하지만 맹주가 없는 이상 자신의 뜻대로 모든 것을 처리 할 수 있는 것은 아니 었고, 결국 장로들의 뜻대로 물러설 수밖에 없었다.

정도맹 장로라는 것은 즉, 구파일방과 오대세가의 수뇌 라는 것과 같은 말.

"저놈들도 글렀어. 자신들은 피를 보지 않고 대응책을 생각해내겠다는 거잖아. 알면서도 앞서 나가는 놈들이 미 련한 놈들이지만."

"그러면서도 검제께서도 나서지 않고 계시지 않습니 까?"

"안 나서는 게 아니잖아! 못 나서는 거지!"

휘의 말에 흥분하며 남궁세가 무인들을 감싸고 있는 구 파일방의 무인들을 가리킨다.

당연히 귀에 들렸을 테지만, 철저히 모르는 척 하는 그들.

남궁세가가 단독으로 움직이는 것을 방해하기 위해 말도 없이 남궁세가를 둘러싼 것이다.

성질 같아선 당장이라도 뛰쳐나가고도 남음이 있는 검제

지만 그럴 수도 없었다.

차라리 정도맹이 결성되기 전이었다면 마음껏 날뛰었을 테지만, 이젠 그것도 쉽지 않았다.

자신 때문에 정도맹이 분열을 일으킬 수도 있다는 것을 검제는 알고 있었으니까.

으득, 으드득!

연신 이를 갈며 놈들을 노려보는 검제.

남궁세가의 무인들도 불만이 가득한 눈으로 그들을 바라본다. 이쯤에서 다른 세가에서 도움을 줄 법도 하지만 그들도 쉽게 나설 순 없었다.

겨우 봉합된 구파일방과 오대세가의 알력 다툼을 재현할 순 없었으니까.

일단 싸움이 벌어지면 손해를 보더라도 한 발 물러서기로 오대세가 회의에서 결정했기에 더더욱 그랬다.

"그런데 어째 상황이 재미있지 않습니까?"

화를 식히는 검제에게 휘가 웃으며 전장을 손으로 가리킨다.

"실력차가 제법 있음에도 불구하고 빙궁 무인들이 압도적인 싸움을 벌이지 않고 있습니다. 덕분에 정도맹 무인들의 기세가 오른 것 같긴 합니다만, 그보단 빙궁 무인들이 최선을 다하지 않는 것처럼 보이네요."

"…시간을 끄는 것 같군."

그제야 상황이 눈에 들어온 검제가 턱을 쓰다듬으며 예리한 눈으로 전장을 본다.

"아무래도 저들은 섬서 진격을 포기한 것 같습니다. 감숙에서 가져가는 것만으로도 일단 만족하고, 그것을 북해로 옮기는 시간을 벌려고 하는 것 같군요."

"내 생각도 그래."

휘의 말에 대번에 고개를 끄덕이는 검제를 보며 휘는 웃지 않을 수 없었다.

"이대로라면… 굳이 저희가 이곳까지 올 필요가 없었지 않나 싶습니다."

"흠, 확실히 호들갑을 좀 떤 것 같긴 하군. 그래도 누가 이렇게 될 줄 알았나."

쓰게 웃는 검제를 보며 휘도 고개를 끄덕인다.

만약을 위해 휘 본인도 이곳으로 오지 않았던가.

'빙궁의 궁주가 누군지는 몰라도 대세를 읽는 눈을 가진 모양이로군. 하지만 동시 이것이 모든 해결책이 될 수 없다는 것도 알고 있겠지.'

당장 시간을 벌어 놓은 뒤 중원에서 물러서는 것만으로 일이 해결 되진 않을 것이다.

그러기엔 빙궁이 감숙에 준 피해가 너무나 막대했다.

자칫 관에서 나설 수 있을 정도로 말이다.

다행이 거기까진 가지 않은 모양이지만, 아슬아슬 한

것도 사실.

'이대로 물러서진 않을 것 같고. 역시 제대로 한 방 먹인 뒤에 움직일 생각인가?'

만약 휘의 생각대로 저들이 움직인다면, 지금 보이는 행동은 적들을 끌어들이기 위한 일종의 연극일 터다.

이후 북해가 위협받지 않기 위하게 하기 위해선 단순히 이곳에서 물러서는 것에 그치지 않고, 북해의 힘을 보여 줄 필요가 있다.

그래야 북해를 쉽게 보고 움직이지 않을 테니까.

물론 휘로선 북해빙궁이 그냥 돌아가더라도 중원 무림이 북해에 신경을 쓰는 것이 거의 불가능한 일이란 것을 알고 있지만 저들은 전혀 모를 것이니.

'충분히 있을 수 있는 생각이야. 게다가 화산의 반응을 본다면 소수마녀가 저쪽에 합류한 것은 기정사실인 것 같고.'

이리저리 머리를 굴리던 휘가 검제를 보며 말했다.

"아무래도 잠시 움직여야 할 것 같습니다."

"음? 나도 같이 가지."

"아뇨, 검제께서 움직이시면 일이 커질 것 같습니다."

"…쯧! 늙은이를 따돌리는 것은 좋은 일이 아닐세."

검제의 투덜거림을 뒤로 하고 휘는 은밀히 자리를 벗어났다. 그에 맞추어 검제가 기세를 끌어올려 사람들의 시선을 돌려줌으로서 휘가 사라졌다는 것을 눈치 챈 사람은 아무도 없었다.

'이러니 저러니 해도 참 잘 도와주신다니까.'

검제의 행동을 떠올리며 미소를 지은 휘는 곧장 암영들이 기다리는 곳으로 이동했다.

암영들은 두 세력과 제법 거리를 두고서 대기하고 있었는데, 휴식을 취하다가 휘가 다가서자 일제히 한 자리에 모여든다.

"됐어, 다들 쉬고 있어."

그런 수하들에게 간단하게 명령을 하곤 화령을 바라보는 휘.

"주변 경계는?"

"사방 백리까지 암영들을 보내놨어요. 일단 큰 문제는 없는 것으로 파악되었고, 중간 중간 정보상으로 보이는 자들이 있는 것 같긴 하지만 그 외에는 없다고 해요."

"일월신교의 개입은 없었겠지만 그래도 모를 일이니 철저히 대비해."

휘의 신신당부에 그녀는 웃으며 맡겨 두라는 듯 고개를 끄덕인다.

"우리가 움직일 일은 없을 것 같으니 일단 대기하도록 하고, 나는 저쪽엘 좀 다녀와야 하겠어."

"빙궁쪽이요?"

화령이 놀란 듯 묻는다.

설마 싸움이 한창인 가운데 적진에 침입할 것이라곤 예상치 못한 것이다.

물론 휘의 능력이라면 불가능한 일이 아니라는 것을 금세 떠올리긴 했지만.

"아무래도 빙궁주와 한 번 만나봐야 하겠어. 지금까지 하는 것을 봐선 꽤 괜찮을 것 같기도 하고."

"일월신교를 상대할 때 써먹을 패로 만들 셈이신 모양이네요?"

"일단 그렇긴 한데… 그렇지 않더라도 저들이 움직이지 않는다는 확신만 있어도 나쁘지 않겠지."

휘는 진심으로 그리 생각했다.

딱히 북해빙궁이 일월신교의 뜻대로 움직일 것 같진 않지만 사람의 일이란 것은 모르는 것.

놈들이 접촉하기 전에 자신이 먼저 만나보고 저들을 설득하는 것도 나쁘지 않았다.

특히 식량과 관련된 일이라면 천탑상회를 통해 얼마든지 도움을 줄 수도 있는 일.

물론 나중에 파세경에게 도움을 요청해야 하긴 하겠지만 그녀라면 충분히 자신의 부탁을 들어 줄 것이라 휘는 확신하고 있었다.

그렇지 않아도 올해 남쪽에선 큰 풍년이라 식량이 남아

돈다는 이야기도 있었으니.

나쁜 이야기만은 아닐 것이다.

"혹시나 모를 일에 대비하고, 만약의 경우엔 네 판단 아래 움직이도록."

"네."

스르륵.

말이 끝나기 무섭게 사라지는 휘를 보곤 순간 입을 삐죽이는 화령이었지만 지금은 자신의 욕심을 부릴 때가 아니라는 것을 잘 알고 있었다.

아니, 일월신교와 결착을 짓는 그날까지 휘는 주변 여인들과 연관되려 하지 않을 것이 분명했다.

"시간은 있지만 미리미리 점수를 좀 따놔야겠지?"

혼자 웃으며 화령이 암영을 불러들인다.

'어디보자….'

은밀하게 움직이는 휘의 신형을 잡아내는 사람은 무림을 통 털어도 한 손에 꼽을 수 있을 것이다.

그것도 후하게 줬을 때 말이다.

북해빙궁 무인들은 혹한의 대지에서 살아왔기 때문인지 제법 날카로운 기세를 뿜어내며 예리한 감각을 지니고 있었지만 그럼에도 휘를 발견 할 수 없었다.

북해빙궁 무인들 틈에 조용히 숨어들고 나서야 휘는 확신

할 수 있었다.

이들이 시간을 끌고 있다는 것을 말이다.

교묘하게 전열을 바꿔가며 휴식을 취하고 있을 뿐만 아니라, 아주 조금씩 계획적으로 물러서고 있었다.

정도맹 무인들이 흥분하여 눈치 채지 못할 정도로 아주 은밀히 말이다.

'곰 같이 생긴 놈들이 제법이네. 그보다 후방에 있을 거라고 생각했는데, 전혀 아니었네.'

의외로 빙궁의 수뇌는 후방이 아닌 중앙에 자리하고 있었다.

보통 뒤편에서 지휘를 하기 바쁠 텐데 말이다.

그렇게 조심스레 그들에게 접근하자 휘는 생각지도 못한 광경을 봐야만 했다.

'빙궁주가 여인이라고?!'

조용히 호위하고 있는 인력들의 중앙에 선 여인.

뛰어난 외모와 풍기는 기세가 보통이 아니라는 것은 알겠지만 설마하니 빙궁의 궁주가 여인의 몸일 것이라곤 생각조차 해본 적이 없었다.

특히 북해의 혹독함을 생각한다면 더욱 말이다.

바로 그때였다.

"손님이… 오신 모양이로군요."

'이런. 흔들렸나?'

정확히 자신이 숨어 있는 곳을 바라보며 말을 하는 빙궁주를 보며 휘는 쓰게 웃었다.

아주 찰나의 순간이지만 놀라는 순간 기가 흔들렸고, 그것을 그녀는 완벽하게 잡아냈다.

어지럽게 기가 얽혀드는 전장 한 가운데서 말이다.

"적의 침입이다!"

"궁주님을 호위하라!"

채챙! 챙!

그녀의 말이 떨어지기 무섭게 빠르게 원을 그리며 빙궁주를 호위하는 무인들.

장로들을 비롯해 빙궁 무인들의 빠른 대처에 휘는 혀를 내두를 수밖에 없었다.

자신의 기척을 알아차리지 못했음에도 궁주의 한 마디에 적이 있음을 확신하고 움직인다.

이는 궁주에 대한 확고한 믿음이 없고선 이루어질 수 없는 일.

다시 말해 그녀가 완벽하게 북해빙궁을 틀어쥐고 있다는 뜻이었다.

"나쁜 생각을 한 것이 아니라면 모습을 드러내는 것이 좋을 것 같네요."

냉정하면서도 차분한 그녀의 말에 휘는 더 이상 생각할 것도 없이 천천히 모습을 드러냈다.

어차피 대화를 나누기 위해서 온 것이니 자극할 필요가 없다고 생각한 것이다.

스르륵.

"음!"

허공에서 신기루처럼 모습을 드러내는 휘를 보며 놀라면서도 기세를 가다듬는 빙궁 무인들을 향해 그녀가 말했다.

"긴장하지 않아도 될 것 같네요. 아무래도… 대화를 나누기 위해 오신 분인 것 같으니."

"이것 참. 내가 할 말이 없도록 만드는 군."

휘와 북해빙궁주 단가경의 첫 만남이었다.

휘가 모습을 드러낸 이후 그녀는 즉시 염경에게 지휘권을 넘기고서 휘와 함께 후방으로 자리를 옮겼다.

이야기를 나누기에 이곳은 결코 좋지 않은 장소라는 것이 이유였다.

장로들 몇이 그녀를 따라가려 했지만 그녀가 나서서 말렸다.

후방으로 이동하고서도 제법 거리를 벌리고 나서야 멈춰 선 그녀가 한쪽에 가득한 돌무더기 위에 엉덩이를 걸친다.

"솔직히 놀랐네요. 본 궁 무인들을 속이고 이렇게까지 가까이 올 수 있을 것이라곤 생각해본 적 없는데 말이죠."

자신감 넘치는 말이지만 사실이었다.

혹한의 대지에서 자란 빙궁 무인들은 중원 무인들과 차원이 다른 감각을 자랑했는데, 그 모든 것이 살아남기 위해 길러진 것이었다.

그렇다보니 어지간한 수준의 살수는 빙궁 무인들에게 쉽사리 당할 수밖에 없었다.

접근하기도 전에 걸리고 마니, 어찌 해볼 틈도 없는 것.

"오히려 놀란 것은 나지. 찰나의 순간 기가 흔들렸다곤 하지만 전장 한 가운데서 그걸 잡아내는 사람이 있을 것이라곤 생각지도 못했으니까."

"운이 좋았죠."

"무림에선 운도 실력이라고 하지."

"그렇게 말씀해주시면 감사할 따름이죠. 정식으로 인사드리죠. 북해빙궁의 주인. 빙백후(氷魄后) 단가경이라고 해요."

"암문의 주인 암군 장양휘."

"중원 무림에 대한 정보가 작다보니 알려주셨는데도 모르겠네요."

"솔직해서 좋군."

휘는 그녀의 솔직함에 웃으며 고개를 끄덕였다.

모르는 것을 모른다고 하지, 굳이 아는 척 할 필요가 뭐 있겠는가.

게다가 북해빙궁이 오랜 세월 중원과 인연을 끊고 있었다는 것을 모르는 바도 아닌데 말이다.

"그래서 무슨 일이시죠? 이런 상황에서 절 찾아왔다는 것은 할 말이 있다는 뜻으로 받아들여도 될 것 같은데요."

곧장 본론을 꺼내는 그녀.

길게 이야기 할 필요 없이 본론을 꺼내라는 그녀의 말에 휘는 고개를 끄덕였다.

"길게 말하고 있을 필요는 없지. 시간을 벌고 북해로 돌아갈 생각이지? 그것도 제법 큰 상처를 입히고 말이야."

"맞아요."

"솔직해서 좋군."

단박에 인정하는 그녀를 보며 휘는 웃어보였다.

직설적인 말투도 그렇지만 거침없는 화법이 휘의 마음에 쏙 들었다.

"굳이 숨길 필요가 없으니까요. 게다가 그걸 눈치 채고 찾아온 것이 아닌가요? 그 정도도 되지 않는다면 더 이상 이야기를 할 필요도 없을 것 같고요."

"확실히 괜찮군."

"뭐가 말이죠?"

"혼잣말이다. 제안을 하나 하지."

휘는 바로 본론을 꺼냈다.

앞서 말한 것처럼 길게 이야기 할 필요가 없었으니까.

"이대로 물러서라. 그 대신 앞으로 삼 년. 삼 년간 북해에 식량을 공급하지."

"솔깃한 제안이긴 한데, 그것뿐인가요?"

담담히 나오는 단가경을 보며 휘는 고개를 저었다.

"정도맹의 북해 진격을 막아주지."

"후환은 없고 받을 것만 있다는 것은 좋아도, 너무 좋은 조건이네요. 마치 달콤한 독약처럼 말이죠."

"나로선 이것이 제안 할 수 있는 최고의 패니까. 대신이라고 할 건 없지만 식량은 완전히 공짜는 아니야. 약간의 거래를 통할 생각이다. 아무리 그래도 인건비 정도는 건져야 할 것 같으니까."

순간적이긴 했지만 휘의 제안은 합리적인 것이었다.

무려 삼 년이나 이어지는 식량 원조다.

공짜로 받기에는 여러모로 걸리는 것도 많고, 삼 년 이후엔 식량을 구입하는 것에 대한 여러 가지 말이 나올 수도 있는 상황.

그렇다면 적절한 거래를 통해 구매를 하는 것이 월등히 나은 방법이 될 수 있었다.

차후 본래의 가격으로 돌아가더라도 어느 정도 반감을 줄일 수도 있을 것이고.

'좋아. 다 좋은데… 너무 좋아서 문제야.'

복잡하게 움직이는 단가경의 머리.

휘의 제안은 분명 북해빙궁에 일방적으로 유리하다. 어떤 식으로 식량을 조달할 것인지, 그가 책임을 질 수 있을 것인지에 대한 고민은 없다.

저 정도의 실력자가 굳이 이곳까지 와서 헛소리를 늘어놓고 있을 이유가 없을 테니까.

게다가 정도맹의 북해 진출을 막을 수 있다는 말에서 그가 정도맹과 끈끈한 친분을 나누고 있다는 것을 알 수 있다.

제안 자체가 거짓일 확률이 거의 없다는 뜻이다.

거절하기 어려울 정도로 좋은 조건.

"길게 생각 할 것 있나? 나는 낼 수 있는 최고의 패를 냈고, 그쪽은 받을 수 있는 최고의 패인 것 같은데."

휘의 말에 고민하던 단가경은 결국 고개를 끄덕였다.

"좋아요. 받아들이죠. 하지만 그 전에 세부적인 사항을 좀 들었으면 하는데요? 말은 그럴 사 하지만 그 안을 보면 쓸모 없는 것들이 잔뜩일 수도 있으니까요."

"대충 알아차린 것 같은데도 묻는다는 것은 확실히 해두고 싶다는 뜻으로 받아들이지."

"그래주면 고맙겠네요."

"식량은 삼 년간 천탑상회에서 책임지고 공급한다. 거래역시 천탑상회를 통할 것이고, 식량 이외의 물건 역시 최대한 저렴하게 공급할 수 있도록 힘을 써놓지."

"천탑상회라… 처음 듣는 곳이로군요."

"지금의 북해빙궁에 통하는 이름이 있을 리가."

"반박할 수가 없네요."

어깨를 으쓱이고 마는 그녀를 보며 휘는 웃지 않을 수 없었다. 아무렇지 않게 말을 하는 것 같으면서도 하나라도 더 정보를 캐내려는 그녀의 노력이 눈에 보였던 것이다.

"믿을 만한 곳이야. 막대한 자금력을 바탕으로 중원에 뿌리를 내리기 시작했으니까. 최소한 삼 년 동안 식량을 지원한다고 해서 망할 곳은 아니라는 것을 내가 보증하지."

"…좋아요. 그럼 정도맹이 북해로 올라오지 않는다는 보증은 어디에 있죠?"

사실 가장 중요한 것은 바로 이것이었다.

식량이야 이미 감숙을 털어서 필요한 만큼 확보했다. 이것만으로도 최소한은 버틸 수 있을 것이다.

하지만 복수를 위해 정도맹에서 북해로 올라온다면 일이 복잡해진다.

식량이 소모되는 것도 문제지만, 북해 전체의 분위기가 뒤숭숭해질 것이었다.

싸움 자체야 북해이니 만큼 자신들의 승리로 끝날 것이라 믿어 의심치 않지만.

"솔직한 게 좋겠지. 오래 지나지 않아 정도맹, 아니 중원

무림은 북해에 신경을 쓸 겨를이 없을 거야. 빙궁과는 비교
도 되지 않을 놈들이 야욕을 드러낼 것이 뻔 하거든."

"불쾌하군요. 본궁과 비교를 하다니."

"일월신교. 그 정도면 충분히 북해빙궁과 비교 하다 할
만한데?"

"……."

일월신교란 이름이 나오는 순간 단가경은 입을 다물었
다.

휘의 말처럼 아무리 북해빙궁이라 하더라도 일월신교와
비교 하기는 어려웠다.

"믿을 수 없네요. 일월신교라니."

"이쪽에서도 대부분 그런 반응이지. 하지만 곧 놈들은
나타난다. 더 이상 은밀하게 움직일 수 없으니까."

"확신을 하는 군요. 그들이 나타날 것이라."

"힘을 가진 놈들은 힘을 가지고 있는 것만으로 만족하지
못하거든. 그것을 어떻게든 외부에 자랑하려고 하지. 일월
신교 역시 마찬가지야. 넘치는 힘을 가졌으니… 이젠 그것
을 풀어낼 때가 된 거지."

휘의 말에서 단가경은 순간 강렬한 살의를 느꼈다.

분명 자신을 향한 것도 아니건만 온 몸의 힘이 쭉 빠질
정도로 강렬한 살의.

'이 남자…! 강하다!'

그녀가 무공을 익히고 어느 경지에 이른 이후 단 한 번도 누군가에게 위협을 느껴본 적이 없었다.

괜히 북해빙궁주의 자리에 오른 것이 아니다.

북해라는 험한 대지에서 최강으로 평가 받는 것이 그녀였음에도 불구하고.

'일순간이지만 압도당했어. 그것도 완벽하게!'

분명 그가 원했던 것이 아님에도 그녀는 완벽하게 압도당했다는 사실을 인정하지 않을 수 없었다.

아니, 있는 그대로를 받아들이기에 가능한 일이었다.

다른 사람이었다면 있을 수 없는 일이라며 부정하고 봤을 테니까.

그렇기에 그녀는 휘를 다시 보았다.

그리고, 그제야 보였다.

이제까지 보이지 않던 것들이.

부들부들.

절로 떨려오는 몸.

"당신… 당신 대체 누구죠? 어떻게 인간이 이런…!"

공포에 질린 몸으로도 용케 입을 열어 묻는 그녀를 보며 휘는 두 눈이 이채를 발한다.

순간적이긴 했지만 그녀는 본 것이 분명했다.

자신의 진짜 모습을.

그렇기에 저런 모습을 보이는 것일 테다.

"이거… 놀랍네. 누구도 알아보지 못한 것을 알아보다니."

정말 놀라웠다.

암영들을 제외하고선 누구도 알아보지 못한 휘 자신의 원초적인 힘을 그녀는 알아본 것이다.

완벽하진 않지만 그것이 어딘가.

알아봤다는 것 자체가 대단한 것이다.

"겁먹을 필요는 없어. 내가 당신을 어떻게 할 것도 아니고. 내 힘은 오직 일월신교를 상대 할 때만 사용 할 것이니까."

"진짜군요. 일월신교."

"맞아. 그리고 하나 더 협상하지. 어떤 경우에도 일월신교의 제안을 받아들이지 말 것. 놈들도 바보가 아닌 이상 이런 시기에 전력을 나눠서 북해빙궁에 쳐들어가진 않을 거야. 기껏 해봐야 협상 정도겠지."

"협조한다면요?"

"맹세하건데. 북해는 더 이상 누구도 살 수 없는 땅이 될 거야."

오싹!

진심이 가득 담긴 휘의 눈을 보며 그녀, 단가경은 이제것 경험하지 못한 공포를 경험해야했다.

온 몸의 힘이 빠져.

실례를 할 뻔했을 정도로.

다행이 미수로 그쳤지만 그녀도 여인인지라 순간 얼굴이
붉어지는 것은 어쩔 수 없었다.

"야, 약속하겠어요. 본궁은 어떠한 경우에도 삼 년 안에
는 중원으로 오지 않겠어요. 그 정도면… 충분하겠죠?"

"지금으로선."

그것만으로 휘는 만족했다.

만약의 경우엔 북해빙궁의 힘을 필요로 하게 될 지도 모
르는 일이지만, 그건 나중의 일.

당장은 중원의 일에 개입하지 않는다는 약속이 더 중요
했다.

"약속 지켜야 할 거예요."

"너야 말로."

그것을 끝으로 협상이 끝이 났다.

허무할 정도로 쉽고, 빠르게.

骑在黑暗归 65章

65 章

"생각보다 형편없군."

화륵.

막 올라온 보고서를 가차 없이 삼매진화로 태워버리는 장양운의 얼굴이 일그러진다.

만약을 위해 제법 서둘러서 일을 처리했음에도 불구하고 북해빙궁이 중원을 빠져나가는 속도가 너무 빨랐다.

감숙을 정리하는 것도 빨랐지만, 정도맹과의 충돌이후 빠져나가는 것 역시 상상을 초월 할 정도로 빨랐다.

"멍청한 놈들! 뒤도 제대로 못 잡다니!"

도망가는 북해빙궁을 그대로 놓아 준 정도맹을 욕하며

장양운은 연신 혀를 찼다.

중원의 시선이 감숙에 몰려 있는 동안 청해를 손에 넣으려고 했었다.

될 수 있으면 조용히 일을 해결하려고 했는데, 이젠 그럴 수가 없게 되었다.

물론 하자면 못할 것도 없다.

하지만 다른 누구도 아닌 자신에겐 시간이 필요했다.

'놈을 끌어들일 시간이 필요하단 말이지.'

우선 일각, 월각, 천각을 동원하는 것에는 성공했다. 남은 것은 이들을 적극 이용하여 청해를 수중에 넣고 일월신교의 교두보를 만드는 것.

여기에 장양휘 놈을 끌어들여 단목성원과 싸우게 만드는 것인데….

'쉽지 않은 일이야. 두 놈 모두 내 뜻대로 움직여 주지 않을 테니까.'

"쯧!"

결국 자리에서 일어선 장양운이 거칠게 밖으로 나간다.

뚝, 뚝!

떨어져 내리는 붉은 피.

사방에 널린 시신들.

온전히 시신을 유지하고 있는 자들이 드물 정도로 최악의 상황인 이곳.

"정리가 끝났습니다."

스르륵.

장양운이 밖으로 나옴과 거의 동시 그의 뒤편으로 한 사내가 모습을 드러낸다.

깔끔한 옷차림과 목 뒤에서 묶은 머리카락이 허리춤을 훌쩍 넘는 것이 인상적인 사내.

생긴 것도 무인이라기 보단 학자에 가깝다고 느껴지는 그.

천각주 천밀살(天密殺) 곽이영이다.

"더 이상 이곳에서 살아남은 적들은 없습니다. 아주 깨끗하게 처리했습니다. 주변 정리는 곧 이루어질 겁니다."

빠르고 간결한 보고에 장양운은 고개를 끄덕이며 주변을 둘러본다.

어느 사이에 나타난 천각의 고수들이 빠른 속도로 시신들을 치우고 있었다.

"이곳을 거점으로 대업에 나서게 될 겁니다. 최대한 건물의 피해를 입히지 않아야 할 겁니다."

"그리 명령을 내렸습니다. 주변에 기웃거리는 것들까지 한 번에 정리를 했으니 당분간 이곳의 일은 외부에 알려지지 않을 겁니다."

"일각과 월각의 위치는 어딥니까?"

"내일이면 도착할 것으로 예상됩니다."

"중원의 사정이 빠르게 변하고 있습니다. 처음 계획했던 것은 조용히 일을 처리하는 것이었지만, 아무래도 좀 시끄러워 질 수도 있겠습니다."

장양운의 말에 천각주는 빙긋 웃었다.

마치 기다렸다는 듯.

"더 화려한 축제를 벌일 수 있겠군요. 아무래도 저 개인적으로는 조용한 것도 좋아하긴 합니다만, 화려한 것도 싫어하진 않습니다."

"화려하게라…."

"예. 어중한 것 보단 화려한 것이 더 아름답지 않습니까?"

눈을 반짝이며 말하는 천각주를 보며 장양운은 진심으로 그가 미쳤다고 생각했다.

겉보기와 달리 신교 안에서도 미친놈으로 유명한 것이 바로 천각주다.

그리고 그의 취미 중 하나가 직접 죽인 놈들의 목을 거꾸로 달아놓는 것이었다.

천각주가 말하는 축제라는 것은 간단했다.

모조리 죽이고 놈들의 목을 거꾸로 다는 것.

'미친놈!'

아무리 장양운이라 하더라도 그 정도는 아니었지만, 놈은 오직 자신의 취미로 그런 짓을 벌이는 놈이었다.

그런 주제에 실력은 어찌나 뛰어난 것인지 역대 최연소로 오각의 주인이 된 것으로 더 유명한 자였다.

"후… 그것도 나쁘진 않겠지요."

한숨과 함께 장양운은 그의 장단에 어울려주었다.

어차피 조용히 청해를 손에 넣는 것이 어려워졌다면, 반대로 최대한 화려하게 등장을 하는 것도 나쁘지 않았다.

주목을 받으면 받을수록.

놈이 자신의 목을 노리고 빠르게 접근할 것이 분명했다.

'단목성원을 빨리 끌어내야 하겠어. 그러기 위해선 놈이 질투를 할 정도로 막대한 공을 세우는 것도 나쁘지 않지.'

단목성원과 장양휘를 부딪치기 위해 가장 먼저 치러야 할 것은 교주의 칭찬을 한 가득 받을 정도의 공을 세우는 것이었다.

단목성원이 질투를 참을 수 없을 정도의 공을 말이다.

청해를 손에 넣고 교두보를 세우는 것은 당연한 일이고, 그 이상의 것을 해내야 했다.

'뭐가 좋으려나?'

복잡하게 돌아가던 그의 머리가 일순 멈춘다.

그리곤 천각주를 보며 웃었다.

"화려한 축제를 벌일 최적의 장소가 떠올랐습니다."

"어딥니까, 거기가?"

"청해의 상황이 심상치 않은 모양이에요. 청해에 있던 정보조직들이 하나 같이 연락이 끊어졌을 뿐만 아니라, 대막과 이어지는 통로 역시 끊어졌다고 해요."

"놈들인가?"

"십중팔구는요."

"드디어 수면 위로 올라올 모양이로군."

모용혜의 대답에 휘의 얼굴 위로 흥분의 기색이 조금이 지만 비친다.

마침내 기다리고 기다리던 순간이 다가온 것이다.

"일단 확실하진 않으니 너무 흥분하지 마세요. 게다가 아시겠지만 우리가 드러나 있듯, 그들이 드러난다고 해서 당장 어떻게 할 수 있는 상황도 아니니까요. 오히려 그들이 모습을 드러내는 그 순간부터 무림의 위기가 시작된다고 봐야 하겠죠."

"맞는 말이야. 인정하지."

모용혜의 차분한 말에 휘는 두 손을 들며 항복했다.

확실히 자신이 흥분한 감이 있었다.

"놈들도 바보가 아니고선 철저한 준비를 하고 나왔을 거 예요. 그런 의미에서 청해를 손을 뻗었다는 것은 그곳을 거 점으로 삼아 확실히 움직이기 위해서겠죠."

"곤륜이 무너졌겠군. 확실하게."

단숨에 그녀의 말뜻을 알아들은 휘의 말에 모용혜가 쓰디 쓴 미소와 함께 고개를 끄덕였다.

"제 생각이 맞다면 그들이 세울 본거지는 곤륜이 중심이 되겠지요. 밀교에 의해 무너졌던 건물들이 다시 세워졌을 뿐만 아니라, 곤륜은 천혜의 요새가 되기도 하지만 중원으로 가는 길목에 선 곳이니. 그냥 내버려 두진 않겠죠."

"지금으로서 가장 좋은 것은… 내버려 두는 것이겠지?"

"네."

휘의 물음에 단호하게 대답하는 모용혜.

"저들이 모습을 드러내기 시작한 이상, 정체가 알려지는 것은 시간문제. 일월신교의 등장이 무림에 불러올 혼란은 보통이 아니겠지만, 덕분에 앞으로 정도맹과 이야기는 나눔에 있어서 좀 더 편해지기는 하겠죠. 꾸준히 일월신교에 대해서 이야기했음에도 불구하고 무시하는 경향이 있었으니까요."

그동안의 홀대접이 떠오른 듯 분해하는 모용혜.

그것도 잠시 그녀가 다시 말을 이었다.

"지금 놈들을 치게 되면 화는 적당히 풀 수 있겠지만 다시 모습을 감출 수도 있어요. 타초경사의 우를 범할 필요는 없지 않을까요?"

"뱀 치고는 아주 크지만 말이야."

"너무 커서 탈이죠. 게다가 온 사방에 알을 뿌리고 다닌 통에 제대로 정리 할 수도 없고요."

"당장은 어쩔 수 없지. 그렇다고 우리가 돌아다니며 정리를 할 수 있는 것도 아니니까. 스스로 깨닫고 내부의 적을 처리하게 될 때를 기다리는 수밖에."

"끝내 외면 할 수도 있어요."

"그땐… 버려야지. 목숨을 걸고 싸워야 하는 상황에서 등을 맡길 수 없는 자들과는 함께 할 수 없는 법이니까."

단호한 휘의 말에 모용혜는 알겠다는 듯 고개를 끄덕이며 자리에서 일어섰다.

일월신교가 움직인 이상 암문도 이젠 바빠지게 될 것이다.

정신없이 말이다.

"아, 그렇지. 놈들의 다음 행보를 예측하자면?"

휘의 물음에 잠시 고민하던 그녀가 답했다.

"저라면 이곳을 치겠어요. 중원을 향한 완벽한 도전장과 마찬가지이면서도 큰 영향을 주지 않는 곳이니까요."

말과 함께 그녀가 손가락으로 지도의 한 부분을 가리키자 휘가 고개를 끄덕였다.

"나 역시 같은 생각이야."

철혈방(鐵血幇).

사천 무림의 끝자락에 위치한 석집(石渫)이란 작은 도시에 자리를 잡은 무림문파.

총 인원 일천의 결코 작지 않은 문파이지만 대형 문파라고 부르기엔 또 애매한 숫자다.

그럼에도 불구하고 철혈방은 무림에서 모르는 자들이 없을 정도로 유명한 문파였는데, 이유는 하나.

무림 최악의 쓰레기들만을 모아 놓은 곳이기 때문이다.

살인, 강간, 약탈, 방화 등등.

악인이 할 수 있는 모든 짓을 해보았다고 전해질 정도로 철혈방의 악명은 대단한 것이었고, 오죽하면 관에서 조차 놈들을 주시하고 있을 정도였다.

각종 패악을 다 저지르고 다니면서도 철혈방이 무사 할 수 있는 것은 그들에겐 힘이 있기 때문이다.

마도방파로서의 힘이.

마공(魔功)이 가져다주는 막대한 힘을 놈들은 아끼지 않고 사용했고, 덕분에 무림에서도 쉽사리 건드릴 수 없는 놈들이 되어 버렸다.

사실 철혈방이라는 이름도 본래 이곳의 주인들이 사용했던 이름일 뿐.

놈들은 철혈방의 모두를 죽이고 그 자리를 차지한 것이
나 마찬가지였다.

"여기로군요."

"괜찮지?"

"즐기기엔 나쁘지 않아 보입니다."

웃으며 장양운에게 대답을 해준 천각주가 느긋한 걸음으
로 철혈방의 정문을 향해 걸어간다.

도시에서 제법 떨어진 산 속에 자리를 잡은 철혈방은 어
마어마한 규모를 자랑했는데.

정문은 활짝 열려 있고, 그곳을 지키는 이 조차 없었다.

마치 들어 올 테면 들어오라는 듯 말이다.

느긋한 걸음으로 정문을 통과한 천각주의 눈에 들어온
것은 온 사방에 널 부러진 철혈방의 무인들과 지독하리라
만치 코를 찌르는 술 냄새였다.

"어? 저놈은 또 뭐야?"

그때 겨우 정신을 차린 한 사람이 머리를 흔들더니 천각
주를 바라보았고.

"이거, 별로군요. 꽤나 기대했는데."

진정 아쉽다는 듯 한숨을 길게 내쉬는 천각주.

"이 미친 새끼가 뭐라는 거야? 야! 야! 일어나봐, 새꺄!"

"우욱…!"

"아, 머리야."

사내의 외침에 여기저기서 비명과 같은 소리와 함께 비척비척 자리에서 일어서는 자들.

얼마나 마신 것인지 몸을 움직이는 것만으로도 기존에 풍기던 술 냄새의 족히 수배 이상은 더 흩날린다.

"개소리 하지 말고, 저 놈 누구냐?"

"어떤 놈?"

"저놈!"

"…모르겠는데? 넌 아냐?"

"잘 모르겠습니다."

"몰라! 아, 머리 아파."

이야기가 몇 명에게나 전달되었지만 누구도 아는 사람이 없자, 처음 일어났던 사내가 그제야 알겠다는 듯 고개를 끄덕인다.

"그렇군. 아무도 모른다는 것은… 침입자라는 거네?"

"침입자?"

"뭐? 그런 재미있는 새끼가 아직도 남았어?"

"어디, 어디?"

침입자라는 소리에 여기저기서 헛구역질을 하던 놈들까지 몰려든다.

그만큼 침입자가 철혈방의 문을 두드린 것이 오랜만의 일이라는 것이다. 더불어 침입자의 운명은 자신들의 장난감이 될 것이고 말이다.

적어도 이전까지는 그랬었으니까.

"하하하, 이거 재미있네."

이런 취급을 난생 처음 받아보는 천각주는 재미있다는 듯 웃었다.

그 모습을 따라 몇몇 철혈방 무인들이 웃음을 터트린다.

"와, 요놈보소? 확 눈깔을 빼버릴까 보다. 어디서 실실 쪼개는 거야?"

"그걸로 되겠냐? 아주 모가지를 돌려버려야지!"

"그냥 깔끔하게 베고 멀리 차버리죠?"

"척추를 그냥 뽑아 버리는 건 어때?"

"와하하하!"

자신을 두고 연신 재미있다는 듯 농담을 하는 놈들. 거기에 간간히 살기를 쏘아 보내 겁을 먹게 만드는 것이 여러 번 해본 듯싶었다.

"해봐."

"응?"

"해봐. 넌 눈, 넌, 목, 넌 척추라고 했나?"

"하, 이 새끼가…!"

"그대로 돌려주마."

천각주.

천밀살 곽이영의 미소와 함께 지옥이 강림했다.

아아악!

철혈방에서 들려오는 비명소리와 함께 살육이 시작되었다는 것을 깨달은 장양운은 몸을 돌렸다.

철혈방에 제법 대단하다곤 하나, 어디까지나 저들 기준.

일월신교의 핵심이라 불리는 오각의 주인인 천밀살의 손길을 피한다는 것은 불가능한 일일 것이다.

"오늘로 철혈방은 끝이 나겠지. 철혈방의 몰락은 충분히 중원 무림을 향한 경고가 될 수 있을 거고… 그럼 난 또 다른 말을 만나보러 갈까?"

이쪽 일은 이제 신경 쓸 필요가 없어졌으니 며칠의 여유가 생겼다.

그 시간을 이용해 장양운은 자신의 뜻대로 움직여줄 장기 말을 찾아 움직일 계획이었다.

"암문이라고 했던가? 그놈 성격을 생각하면 당장 움직이려 하지 않겠지. 본교가 본격적으로 드러날 때까지 움직이지 않을 수도 있는 일이고."

혼자 중얼거리면서 웃는 장양운.

"하지만 넌 움직일 수밖에 없을 거야. 내가 그렇게 만들거니까."

스르륵.

말이 끝나기 무섭게 장양운의 신형이 모습을 감춘다.

아아악!

저 멀리 철혈방에서 울려 퍼지는 비명소리를 뒤로하고.

"저 미친 새끼는 뭐야! 대체 뭐냐고!"

덜덜덜!

철혈방주 도살자 곽양의 몸은 공포로 연신 떨고 있었다.

이제 것 살면서 단 한 번도 두려움을 느껴본 적이 없던 그가 미친 듯이 몸을 떨고 있었다.

두 눈 가득 공포감을 안고서.

당연한 일이었다.

눈앞에서 수백에 이르는 수하들이 하나 같이 목이 잘려 나가며 죽어가는 모습을 본다면 말이다.

스컥!

푸화확!

"괴, 괴물! 괴물이다!"

"도, 도망쳐!"

"살려줘!"

결국 도망치는 이들까지 생겨났지만.

"어라? 아직도 도망 갈 수 있다고 생각하는 놈들이 있는 모양이네. 하하하하!"

도망치는 놈들을 보며 신명나게 웃는 천각주.

온 몸을 붉은 피를 뒤집어쓰고 웃는 모습이 딱 미친놈이었지만 정작 본인은 알지 못하는 것 같다.

슥.

그가 손을 들자.

츠츠츠.

츠츠!

기다렸다는 듯 철혈방의 담장 위로 모습을 드러내는 천각의 무인들.

"으아아아!"

갑작스런 등장에 비명을 내지르며 덤벼드는 자들이 여럿 있었지만.

푸확!

누구하나 뚫지 못하고 목이 떨어져 나간다.

천각주가 처리한 것과 크게 다를 것이 없는 방식으로.

"자… 덤벼. 간단해. 살고 싶으면 날 죽여. 날 죽이면 너희 살 수 있어. 반대로 날 못 죽이면… 너희가 죽는 거야. 쉽지? 그렇지? 아하하하!"

"씨, 씨발! 이래도 저래도 죽는 거면 덤벼! 치자고!"

"죽어, 이 괴물 같은 새끼!"

와아아아!

결국 극한의 공포를 이기지 못하고 이성을 잃어버린 철혈방 무인들이 일제히 천각주를 향해 달려들었다.

그 모습을 보며 또 웃는 그.

"그래, 그래야 재미있지."

스컥!

날카로운 소리와 함께 또 하나의 목이 떨어져 내린다.

한편 철혈방주 도살자 곽양은 겨우겨우 정신을 차리고 이를 악물었다.

"다들 모여. 살 방법을 모색해 봐야지."

"그냥 지금 달려듭시다. 조금이라도 전력이 있을 때 처리하는 것이 더 쉽지 않겠소?"

"놈의 실력을 생각하면 어림도 없는 이야기지. 저 괴물은 지치지도 않을 것 같다. 차라리 수하들이 정신을 뺏고 있는 사이에… 저길 뚫는 것 어떻습니까?"

장로 중 한 사람의 발언에 모두의 시선이 담벼락을 향한다.

일장 간격으로 올라선 놈들.

최소한 저 미친놈을 상대하는 것보단 희망이 있을 것 같았다.

"그럼… 그렇게 하는 걸로."

서로 눈을 마주치자 일제히 고개를 끄덕인다.

방주를 포함해 십여 명에 이르는 장로들.

문파의 핵심임에도 불구하고 이들은 거침없이 수하들을 먹이로 던져두고 자신들끼리 살 길을 찾아 나서려는 것이다.

이러는 사이에도 수하들의 비명소리가 들려오고 있는데 말이다.

"하하, 하하하하!"

웃음을 터트리며 달려드는 적들의 목을 미친 듯이 베어가는 천각주.

그때.

"지금!"

철혈방주의 목소리와 함께 놈들이 담벼락을 향해 달려들었다.

"어라? 이거… 재미있는 놈들이네."

자신을 뒤로 하고 도망치는 놈들을 보며 천각주의 눈이 싸늘해지고.

스륵.

일순 그의 신형이 사라졌다, 담벼락을 향해 달려가는 놈들의 앞에 나타난다.

"쓰레기 같은 놈들."

차가운 그의 눈과 함께.

파바밧!

검이 들린 그의 손이 어지럽게 움직이고.

"어?"

철혈방주의 외마디 한 마디와 함께.

푸화악!

온 몸이 갈기갈기 찢어진 채 사방에 비산한다.

단숨에 놈들의 목을 베는 것을 넘어 아예 조각내버린 것이다.

"흥이 깨졌네. 처리해."

철컥.

검을 수납하며 내린 명령에 지켜만 보던 천각 무인들이 일제히 움직이기 시작했다.

"하… 괜히 움직였어. 찝찝하기만 하고."

아직도 불만족스러움이 가득 남은 몸을 달래며 유유자적하게 정문을 향해 움직이는 천각주.

"앞으로도 기회는 있을 테니, 어쩔 수 없지. 일단 곤륜산으로 돌아갈까."

그가 받은 명령은 이곳을 정리하고 다시 곤륜산으로 돌아가는 것까지였다.

❖

"이곳이… 암문이로군."

암문의 정문을 바라보며 웃는 사내.

장양운이었다.

철혈방을 뒤로 한 그가 전력으로 달려 겨우 하루 만에 암문에 도착을 한 것이다.

덕분에 옷차림이 엉망이 되긴 했지만 그는 개의치 않았다.

"이거, 문을 두드릴 필요도 없군."

안쪽에서 느껴지는 기척에 빙긋 웃으며 뒤로 물러서자.

파파팍!

방금 전까지 그가 서 있던 자리에 내려 꽂이는 한 자루의 검.

웅, 웅웅.

혈룡검이었다.

연신 용음을 토해내는 녀석을 보며 피식 웃어준 장양운이 고개를 들자.

"오랜만이로구나, 동생아."

장양휘가 정문 위에서 그를 노려보고 있었다.

"크크큭! 오랜만에 보는 형에게 차 한 잔 대접하지 않는 거냐?"

"…우리 사이에. 차를 대접하고 말 사이던가?"

"응? 그건 그렇지. 서로의 심장을 노리면 모를까."

아무렇지 않게 웃으며 말하는 놈을 보며.

휘는 뭔가 놈이 달라졌다는 것을 눈치 챌 수 있었다.

자신의 압박 속에서도 능청스럽게 움직이는 것도 그렇지만, 이전과 비교 할 수 없을 정도로 강해져 있었다.

마치 전혀 다른 사람처럼.

'이 짧은 시간 동안 이렇게 강해지는 것인… 가능한 일인가?'

잠시 고민해보지만 그것도 잠시였다.

자신이 가능했기 때문이다.

'내가 가능했다면, 놈도 가능했겠지. 어떤 방법을 사용했건 간에.'

저벅저벅.

어렵지 않게 앞으로 걸어가 혈룡검을 회수한다.

당장이라도 검을 휘둘러 놈의 목을 베고 싶지만, 온 몸의 감각이 말해주고 있었다.

놈을 죽여선 안 된다고.

지금은 때가 아니라고 말이다.

"솔직히 말해서 네놈의 얼굴을 보면 바로 죽이고 싶어질 줄 알았는데 말이야. 생각보다 차분해지는 군."

"본능이겠지. 형제끼리 칼을 겨눠서 좋을 것이 없다는."

"개소리는 여전하군."

"큭큭큭, 그런가?"

휘의 단호한 말에 웃으며 너스레를 치는 장양운.

하지만 그것도 잠시.

어느새 진지한 얼굴로 돌아온 그가 말했다.

"이미 짐작하고 있겠지만 본교가 본격적으로 움직이기

시작했다. 본교의 능력과 힘에 대해선 너도 잘 알고 있겠지. 중원 무림인들이 아무리 발버둥을 쳐도 본교의 상대가 될 순 없어."

"…하고 싶은 말이 뭐야?"

"청해를 거점으로 우리는 중원 정벌에 나선다."

"실패하겠지."

반드시 그렇게 만들겠다는 휘의 얼굴을 보며 킥킥대며 웃는 장양운.

그렇게 한참을 웃던 그가 말했다.

"그거, 진심이냐? 정도맹과 사황련이란 단체가 만들어졌다고 해서 진짜 중원 무림이 하나로 힘을 합칠 것이라고 생각하는 것은 아니겠지?"

"……."

"그래, 그것도 괜찮겠지. 발버둥 쳐봐! 거친 태풍을 맞이하는 저 오래된 나무처럼 이리저리 흔들리다가 박살이 나버릴 테니!"

"아무리 강력한 폭풍이 몰아쳐도 대나무는 흔들리기만 할 뿐 부러지지 않지."

"부러지는 놈들도 있지."

"일부일 뿐이다."

얼굴을 찡그리는 휘를 보며 더 이상 농담을 할 생각이 없어진 장양운은 본론으로 들어갔다.

"솔직하게 이야기하지. 한 사람을 처리해줬으면 좋겠다."

"미쳤군."

"크크크! 미쳤지. 미치지 않고서야… 지금까지의 일을 벌일 수 있다고 보나?"

"……."

"한 놈을 죽이는 대가는 시간이다. 네가 그렇게 믿어하는 중원 무림 놈들에게 시간을 주마. 길지는 않겠지만 그것만으로도 충분하겠지."

으득!

일그러지는 휘의 얼굴.

반대로 환하게 웃고 있는 장양운.

놈의 제안은 감정적으로는 결코 받아들일 수 없는 것이지만, 머리로는 받아들일 수밖에 없었다.

아직 중원 무림은 준비가 되지 않았다.

일월신교와 싸울만한 준비가 말이다.

'아니, 내 생각일 뿐. 언제까지고 준비만 하고 있을 수는 없어. 차라리… 부딪치게 만드는 편이 더 단단해질 수 있는 기회 일지도 모르지.'

어차피 이곳에서 놈의 제안을 받아들여 시간을 번다 하더라도 그것을 헛되게 보내면 아무런 소용이 없다.

아니, 그보단 놈이 약속을 지킬 것이라 볼 수 없었다.

휘가 생각했을 때 세상에서 가장 믿을 수 없는 놈이 바로 눈앞의 장양운이지 않는가.

그런 눈빛을 알아차린 것인지 놈이 웃었다.

"당장은 믿지 않아도 좋아. 하지만… 놈의 이름을 듣는다면 생각이 달라질 걸? 이유는 모르겠지만 본교의 상황을 제법 잘 알고 있으니까."

"거절한다. 네놈은 믿을 수 없어."

그 말과 함께 휘는 몸을 돌렸다.

더 이상 놈과 이야기를 하다간 의도와 달리 휘말릴 것 같았다.

그때 장양운이 입을 열었다.

"단목성원."

움찔.

"네가 죽여야 할 놈의 이름이다."

휘가 뒤돌아섰을 때 장양운은 웃고 있었다. 더 이상 거절하지 않을 것이란 확신에 가득 찬 얼굴을 하고서.

툭, 툭, 툭.

촛불하나 켜지 않은 방에 울려 퍼지는 규칙적인 소리.

꽁꽁 닫힌 창문 덕분에 달빛조차 들지 않는 그곳에 휘가 앉아 있었다.

손가락으로 책상을 튕기는 휘.

낮의 일 때문에 지금 휘의 머리를 터져나갈 듯 복잡하게 얽히고 있었다.

장양운이 자신을 찾아온 것부터 시작해서, 놈을 죽이지 못한 것, 놈에게 받은 제안까지.

수많은 것들이 복잡하게 맴돈다.

"빌어먹을!"

쾅!

주먹으로 책상을 내려치는 휘.

결국 꼬이고 꼬인 머릿속 생각을 풀어낼 수 없었다.

"차라리 그 자리에서 목을 베어버릴 것을 그랬나?"

자신이 말을 뱉어놓곤 곧장 고개를 흔든다.

이유는 알 수 없지만 그땐, 그래서 안 된다는 감각이 온몸을 사로잡았다.

그렇기에 움직일 수 없었다.

그렇지 않았다면 단숨에 놈을 향해 혈룡검을 휘둘렀을 테다.

"이러지도 저러지도 못하는 군."

결국 쓰게 웃어 버린다.

장양운은 단목성원을 죽이라는 말과 함께 유유히 모습을 감추었다.

놈이 제시한 것들은 어차피 믿을 수 있는 것이 못 된다.

하지만 단목성원이 얽힌 이야기라면 말이 달라진다.

"일월신교주의 첫 번째 제자…인가."

휘의 머릿속이 복잡해진 결정적인 이유가 바로 단목성원 때문이었다.

왜냐하면….

"죽었어야 할 자가 아직도 살아있는 것도 미래가 바뀌었 기 때문인가?"

휘가 알고 있는 미래라면 그는 벌써 죽었어야 하기 때문 이다. 무리한 폐관 수련의 영향으로 주화입마를 당해서 말 이다.

그렇게 죽었어야 하는 자가 살아있다는 것 자체가.

미래가 완전히 바뀌었다는 것을 의미한다.

"놈이 살아있는 것처럼, 중원 역시 일월신교의 공격에서 충분히 버틸 수… 있을 것 같진 않군."

분명 자신이 아는 것과 많은 것이 달라졌다.

달라졌는데도 불구하고 일월신교의 진격을 중원 무림이 막아 낼 수 있을 것 같지 않았다.

이는 중원 무림이 달라진 만큼 일월신교 역시 많은 것이 바뀌었기 때문이었다.

이젠 휘 스스로 생각해도 가늠 할 수 없을 만큼 말이다.

"단목성원을 죽여 달라는 것은… 놈이 일월신교의 후계 가 되기 위한 준비작업이겠지."

그 정도는 간단하게 유추 할 수 있다.

"문제는 왜… 내게 부탁을 하는 것이지? 방법을 쓰려면 여러 가지가 있을 텐데?"

그랬다.

수많은 방법을 두고서 적이라 할 수 있는 자신에게 부탁을 한다는 것은 뭔가 다른 꿍꿍이가 있다는 뜻이기도 했다.

"자신은 빠지고 나와. 아니 중원과의 싸움으로 밀어 붙일 생각인 건가?"

대략적으로 짐작은 되었지만.

상세한 내역은 역시 알 수 없었다.

당연하다면 당연한 일이겠지만.

평상시라면 이렇게 깊이까지 고민할 일도 아니었다.

장양운은 믿을 수 없는 존재이니, 놈의 제안을 받아들일 필요도 없으니까.

하지만 다른 사람도 아니고 단목성원이다.

놈이 아직 살아있다는 것이 놀랍긴 하지만, 어쨌거나 놈을 죽일 수 있다면… 일월신교 내부의 혼란을 가중시켜 진격을 늦출 수 있을 것이 분명했다.

'놈도 그걸 노리고 시간을 주겠다고 말한 것이겠지. 능구렁이 같은 놈 같으니라고.'

마음에 들지 않지만 서서히 마음이 기울고 있었다.

"후… 어쩔 수 없나."

아무리 생각해봐도 답은 하나뿐이다.

단목성원을 죽이는 것.

일월신교의 후계 중 하나를 죽일 수 있는 기회를 이대로 놓쳐버리기엔 아쉬운 일임이 분명하니까.

여기에 어쩌면 장양운의 또 다른 함정이 숨어 있을 수도 있지만, 당장 그것까지 생각하기엔 어려웠다.

'최악의 경우를 가정하고 움직이는 수밖에 없겠지.'

"쯧!"

혀를 차며 자리에서 일어나는 휘.

끼이익.

창문을 열자 그제야 환한 달빛이 방 안으로 들어온다.

밤하늘을 비추는 보름달.

어찌나 밝은 지 사방이 환하다.

"저 달빛처럼 앞길이 밝았으면 좋겠는데…."

중원으로 향하는 교두보라곤 하지만 당분간 이곳에 머물러야 하는데다, 훗날에도 유용하게 쓸 수 있는 위치이기에 일월신교에선 공을 들여서 곤륜파를 손보고 있었다.

구파일방이란 이름에 어울리지 않게 곤륜파의 전각 규모는 크지 않다.

이는 밀교의 만행 때문에 기존의 전각들이 무너졌기 때문이기도 하지만, 애초에 구파일방들 중에 개방을 제외하고서 곤륜의 본파 규모가 가장 작았다.

아니, 정확히는 전각들의 규모가 작은 것이지만.

오랜 세월 동안 여러 일을 겪다보니 곤륜파는 새로운 전각을 만들기 보다는 곤륜산 곳곳에 있는 동굴들을 적극 활용하였고, 덕분에 전각의 숫자를 크게 줄일 수 있었다.

"귀찮군."

얼굴을 찡그리는 장양운.

곤륜으로선 그게 편했는지 모르겠지만 진두지휘하고 있는 장양운의 입장에선 결코 좋은 일이 아니었다.

당장 새로 세워야 할 전각의 숫자만 하더라도 수십 개가 넘었고, 임시로 머물 수 있는 곳을 만들어내는 것도 보통 일이 아니었으니까.

장양휘의 일을 뒤로하고 곧장 복귀한 뒤로 각종 일에 시달리고 있었는데, 이 모든 것이 인력이 부족하기 때문이었다.

우선적으로 밖으로 나온 인원이 대부분 무인들이다보니 실무를 처리할 사람들이 아주 부족했던 것이다.

그나마 있는 무인들도 청해를 완전히 접수하기 위해 이리저리 보냈더니 정작 곤륜산에 머물고 있는 숫자는 채 일백이 되질 않았다.

'앞으로 열흘. 열흘 뒤면… 놈이 온다.'

어제 소식을 받았다.

단목성원이 이곳으로 온다는 연락을 말이다.

장양운이 물러섬으로 인해 정식으로 소교주의 직위를 인정받은 단목성원은 차후 교주와 함께 중원으로 나오게 되어 있었는데, 그보다 일찍 먼저 나오기로 결정을 한 것이다.

이는 장양운도 뜻하지 않은 행운이었다.

놈이 움직일 수밖에 없을 정도로 큰 공을 세울 생각이었는데, 그러기도 전에 먼저 움직여 주다니.

'이보다 좋을 수가 있나.'

"나쁘지 않아. 후후후."

곤륜산 정상에서 지어지고 있는 전각을 보며 웃는 장양운.

당장 일이 많지만 며칠 정도면 충분히 해소 할 수 있는 양이다. 처음 지각을 맡았을 때를 생각한다면 장난과도 같은 수준이었다.

'놈이 나오는 것은 분명 좋은 일이지만, 대체 무엇이 그 무거운 엉덩이를 움직이게 만들었지?'

잠시 고민해보지만 놈이 아닌 이상 답이 나올 리 없다.

그렇기에 장양운은 놈이 왜 나오는 것인지에 대한 것보단 놈이 밖으로 나온 다는 것에 초점을 맞추었다.

그리고 놈을 처리 할 수 있는 함정을 계획했다.

"될 수 있으면 한 번에 처리 할 수 있으면 좋겠지만… 불가능해도 상관없지."

단목성원과 장양휘 둘 모두 죽는 것이 그가 그릴 수 있는 최고의 그림이지만, 그렇지 않아도 상관없었다.

심지어 단목성원이 죽으면 좋은 일이지만, 반대로 장양휘가 죽는다 하더라도 관계없었다.

어느 쪽이 살아남든.

죽이면 될 일이니까.

"어떤 것이 좋을까…."

살기 가득한 눈이 빛을 뿌린다.

❖

"굳이 소교주께서 움직이실 필요가 있겠습니까?"

함께 이동을 하는 와중에 일각주 마창(魔槍) 백일한이 다가와 물었다.

주변의 눈 때문인지 주군이라 부르진 않지만 소교주라 하더라도 지나칠 정도로 깍듯이 대하는 그의 모습.

"장양운 그 녀석이 앞서서 움직이고 있으니까, 나도 뒤쳐지면 안 되겠다 싶어서 말이야."

"후계로 낙점 받으신 것은 소교주님이십니다."

"놈의 양보가 있었기 때문이지."

웃으며 말하는 단목성원의 얼굴은 미세하지만 일그러져 있었는데, 이번 일로 확실히 자존심에 상처를 입은 것이 분명했다.

제대로 해보기도 전에 놈이 도망쳐 버렸다.

꼬리를 만 것도 아니고, 일단 물러선다는 느낌.

거기에 교의 대업을 이루는 첫 작업을 진두지휘한다는 것도 그리 마음에 들지 않았다.

'내가 항상 꿈꾸어왔던 것을 이대로 포기 할 수는 없지.'

아주 어린 시절부터 그는 꿈꾸었다.

교의 대업을 이루는 그 중요한 순간.

가장 선두에 서서 진두지휘하는 모습을 말이다.

그런 중요한 위치를 빼앗겼다는 것 자체가 단목성원의 감정을 크게 건드리고 있었다.

장양운 스스로도 모르는 사이 그의 자존심을 제대로 건드린 것이다.

그런 단목성원을 보며 일각주가 전음을 날렸다.

- 둘째 도련님이 어떤 계획을 세울지 모릅니다.

- 당연하겠지. 애초에 순순히 물러설 놈이 아니었어. 그런데도 물러섰다는 것은 놈이 다른 생각을 가지고 있다는 것이겠지.

- 빠른 속도로 실력이 성장하고 있다는 보고를 들었습니다. 어쩌면… 힘을 손에 쥘 시간을 원했던 것일 수도 있습니다.

- 그렇겠지. 그리고 그 사이에 내가 죽거나 더 이상 움직

일 수 없게 된다면, 소교주의 자리는 자연스럽게 놈에게 돌아가게 되겠지.

– 거기까지 노린 것일까요?

– 확실하지.

단호한 단목성원의 대답에 일각주는 묵묵히 고개를 끄덕이는 것으로 대신 답했다.

그리고 생각했다.

'둘째 도련님이 어떤 생각을 가지고 계신지 알 수 없으나 주군께는 이길 수 없을 것이다. 이미 모든 계획을 손바닥처럼 들여다보고 계시니. 어찌 이분을 이길 수 있을 것이란 말인가. 과연 이 마창의 주군이 되실 자격이 넘치시는 분이다!'

이런 주인을 만나 모시게 된 것을 그는 인생의 큰 영광으로 생각하고 있었다.

뛰어난 실력을 가지고 있어도 제대로 된 주인을 만나지 못하면 그 힘을 십분 발휘하기 어려운 법.

그런 의미에서 자신은 십분 발휘하다 못해 그 이상의 힘을 발휘할 수 있을 터였다.

'곧 세상이 본교의 손에 들어온다. 그리고 마지막 순간. 저분의 손에 세상 모든 것이 쥐어지게 될 것이다. 나 마창이 그렇게 만들고야 말겠다!'

말을 하지 않지만 그의 몸에서 흘러나오는 후끈한 기세만

봐도 알 수 있었다.

지금 그가 무슨 생각을 하고 있는 것인지.

'놈. 무슨 계략을 꾸미든 상관없다. 넌 어차피 내 손바닥 안에서 놀고 있으니까.'

"서둘러라! 오늘 중으로 이곳을 벗어난다!"

"명!"

정신을 차린 일각주의 명령과 함께 일행의 속도가 빨라지기 시작했다.

그리고 정확히 열흘 후.

임시로나마 완성된 곤륜산의 교두보에 일각주와 일각의 무인들이 호위하며 일월신교의 소교주.

단목성원이 그 모습을 드러내었다.

"소교주님을 뵙습니다!"

쩌렁, 쩌렁!

곤륜산 전체에 울려 퍼질 만큼 강렬한 외침이 수백 무인들에게서 터져 나온다.

그 선두에 장양운이 있었다.

"수고 많았다, 사제."

"아닙니다. 모두가 맡은 일에 최선을 다했기에 어렵지 않게 일을 처리 할 수 있었습니다."

"그래도 생각했던 것보다 무림의 혼란이 오래가진 않는구나."

"저희의 정체를 확실히 알 수 없기 때문일 것입니다. 청해에서 활동하는 정보책들을 모조리 죽였고, 증거가 될 만한 것들은 조금도 남기지 않았으니 말입니다."

장양운의 보고 같은 대답에 단목성원은 잘했다는 듯 고개를 끄덕이며 말했다.

"수고했다. 이제부턴 내가 지휘하도록 하마."

"…소교주님께서 말씀이십니까?"

"불만이라도?"

그의 물음에 장양운은 재빨리 고개를 숙였다.

"아닙니다. 소교주님의 뜻대로 하십시오. 허면 소교주님께서 진두지휘하시는 동안 저는 잡무를 보도록 하겠습니다. 아직 인원이 차출되지 않은 관계로 잡무를 볼 인원이 부족하여, 이 일까지 소교주님께서 처리하긴 번거로우실 것입니다."

"그리해. 대신 매일매일 처리한 일에 대해선 보고하도록."

"명."

고개 숙여 대답하곤 살짝 물러서는 장양운을 보며 그의 뒤통수를 향해 단목성원은 웃었다.

놈이 무슨 생각을 하든 하는 일을 모두 자신에게 보고를 하게 해둔다면 미연이 대충은 눈치 챌 수 있을 것이다.

게다가 사방에 널린 눈들 대부분이 자신의 사람들.

놈이 다른 자들의 눈을 피할 수 있는 방법은 존재치 않아 보였다.

　'그런다고 해서 네가 덫을 벗어 날 수 있을 것 같으냐. 네놈이 이곳의 지휘를 맡은 것부터가, 덫에 걸려든 것이나 마찬가지.'

　하지만 이마저도 모두 장양운의 계획이었다.

　어차피 놈의 성격상 이곳에 오면 권력을 손에 쥐려고 할 것이라 생각했기에 아쉬워하는 척 하면서 모든 권한을 넘겼다.

　그리곤 이젠 일이 많이 줄어든 잡무를 보겠노라 선언한 것은 그의 앞을 방해하지 않겠다는 간접적인 이야기였다.

　거기에 조금이나마 자신에게 신경을 쓰게 만들 요량이기도 했고.

　이로서 놈은 어디서 무엇을 하든 자신을 신경 쓰게 될 것이었다.

　정작 장양운 본인은 아무런 짓을 하지 않음에도, 끊임없이 의심하고 관찰 할 것이다.

　평소라면 그 정도로 정신력을 갉아 먹지 않겠지만, 이곳은 중원.

　자신의 판단 하나하나 일월신교의 행동이 되어버리기에 여러모로 신경을 써야 하는 상황이니 만큼.

　서서히 놈의 정신력을 갉아 먹을 것이 분명했다.

그리고 그것이 장양운이 바라는 바였다.

아주 작은 틈.

그 작음 틈이.

놈의 목을 죌 것이다.

"교의 깃발을 세워라! 오늘부터 본교의 대업을 실행한 다!"

"존명!"

펄럭! 펄럭!

단목성원의 명령이 떨어지기 무섭게 곤륜파 곳곳에 거대 한 깃발이 내걸리기 시작했다.

일월신교.

네 글자가 휘황찬란하게 새겨진.

거대한 깃발이 말이다.

〈7권에서 계속〉